居眠り同心 影御用12

早見 俊

二見時代小説文庫

嵐の予兆——居眠り同心 影御用12

目次

第一章　切実なる願い

一

文化《ぶんか》十年（一八一三）の師走《しわす》一日を迎えた江戸は、時節外《はず》れのぽかぽか陽気だった。北町奉行所同心蔵間源之助《くらまげんのすけ》は非番のこの日、八丁堀《はっちょうぼり》の組屋敷で日向《ひなた》ぼっこでもしようと縁側に座った。陽だまりの中で背を丸くし、ぼうっと庭を眺める。いかにもご隠居さまといった様子に我ながら苦笑が漏れてしまう。

隠居、そう、四十五歳、息子に嫁を迎え、そろそろ隠居してもおかしくはない。

ところが、風貌はというと隠居という言葉がこれほど不似合いの男もいない。

背は高くはないががっしりした身体、日に焼けた浅黒い顔、男前とは程遠いいかつい面差《おもざ》し、悪党ならずとも近寄りがたいのだ。

そんな男がやっている仕事がまたこの男には不似合いときている。

両御組姓名掛《りょうおんくみせいめいがかり》、源之助が所属する部署だ。南北町奉行所の与力、同心の名簿を作成することを役目としている。与力、同心たちや身内の素性を記録する。赤ん坊が産まれたり、死者が出たり、嫁を迎えたりする都度《つど》、それを記録していく。

強面《こわもて》の源之助にはおおよそ似合わない、至って平穏な職務である。はっきり言って閑職だ。それが証拠に南北町奉行所を通じて源之助ただ一人ということがそのことを如実に物語っていた。

居眠り番、と陰口を叩かれる所以《ゆえん》である。

風に吹かれ真新しい木の香りが鼻孔を刺激する。香りの元は庭に新築した離れ家、息子夫婦の住まいだ。離れ家から、

「行ってらっしゃいませ」

朗らかな女の声が聞こえたと思うと息子源太郎《げんたろう》が姿を現した。送り出したのは源太郎の嫁美津《みつ》、この神無月《かんなづき》に所帯を持ったばかりの若夫婦である。

「父上、行ってまいります」

源太郎は離れ家の玄関からこちらを向いて頭を下げた。

源之助が挨拶を返したところで来客があった。

杵屋善右衛門《きねやぜんえもん》、日本橋長谷川町《はせがわちょう》で履物問屋を営んでいる商人だ。源之助とは付き合いが長く、八丁堀同心と商人の範疇《はんちゅう》を超えた信頼関係がある。妻久恵《ひさえ》の案内で善右衛門は縁側に座った。

「相変わらず、この通り暇をかこっております」

源之助は照れ隠しに笑って見せた。

「それを申しましたらわたしも同様です。倅善太郎《ぜんたろう》に店は任せっきり、かといって隠居と呼ばれるのも嫌で、時折口を挟んでは煙たがられております。たまには気晴らしに出かけたら、などと親切ごかしに善太郎は言ってくれますが、本音はうるさいのに家にいられることの鬱陶しさを感じているのでしょう」

善右衛門は笑みを返す。久恵が杵屋さんからのお土産です、と、厚く切った羊羹《ようかん》を小皿に盛って来た。人形町の菓子屋が売り出した近頃評判の練り羊羹だ。源之助の目が細まる。煎茶を共に食すと、日向ぼっこの楽しさが高まったが、急に老けたような気分にもなった。

「源太郎さま、相変わらずまじめにご奉公なさっておられますな」

「嫁を迎えて二月《ふたつき》、いやでも張り切らねばならんところですからな」

「それにしましても生《き》まじめなのは蔵間家のお血筋なのでしょう」

善右衛門の表情が唐突に引き締まった。

「ところで、本日まいりましたのは、蔵間さまにご相談がございます」

源之助は無言で見返す。

「商い仲間に神田雉子町《きじちょう》で履物問屋を営んでおります菖蒲屋松五郎《しょうぶやまつごろう》さんという方がいらっしゃいます」

と、善右衛門が語るところによると、菖蒲屋の主人松五郎は商売熱心で年々商いの幅を広げ、父親から受け継いだ菖蒲屋の暖簾《のれん》を大いに発展させたのだという。

「そのご新造《しんぞ》でお鶴《つる》さんから相談を受けたのです」

お鶴は、永年仕事熱心の余り独り者であった松五郎が見初《みそ》めた恋女房だ。

「松五郎さんが四十、お鶴さんは十九と歳の差のある夫婦ですが、お二人は深い情愛で結ばれておられます」

語る善右衛門の顔は気恥ずかしさのためかほんのりと赤らんだ。

「お鶴さんがおっしゃるには、松五郎さんに危害を加える、いえ、命を奪うという悪党が現れたというのです」

善右衛門は穏やかならざることを口に出したためか、慎重な物言いとなった。

「どのような悪党でござるか」

源之助の表情も引き締まる。そして、目が輝きを放った。身体の芯にくすぶっている八丁堀同心としての闘争心に火がつけられた思いがしたのだ。

「お鶴さん、思いつめて、わたしのところに相談に来たのです」

お鶴は、履物問屋組合の肝煎《きもい》りを務め、町役人《ちょうやくにん》でもある善右衛門ならば町奉行所の役人とも親しいと見当をつけたのだという。

「暖簾に関わることですので、なるだけ、隠密にすませたいということなのです」

「主人松五郎はお鶴が善右衛門殿に相談をしたこと、知っておるのですか」

善右衛門は首を横に振った。

「あまりに、思いつめた様子ですので、わたしも放ってはおけなくなりまして、こうして蔵間さまを頼ろうとやって来たのでございます」

「他ならぬ善右衛門殿の頼みとあらば、断ることはできませんな。詳しい話を聞くまでもなく、まずはお引き受け致しましょう」

源之助は自分でも声が弾むのがわかった。

源之助にはもう一つの顔がある。

居眠り番と揶揄《やゆ》されてはいるが、かつては筆頭同心として辣腕《らつわん》を振るった。鬼同心の異名《いみょう》を取り、江戸中の悪党を震え上がらせたものである。その腕を頼られ、今でも源之助個人に御用が持ち込まれる。大抵は表沙汰にできない御用だ。

源之助は影御用《かげごよう》と呼び、それを楽しんでいる。楽しむといっても、決して遊び半分だとか余技という意味ではない。御用には一切の手抜きも妥協もない。そして、金銭や何らかの見返りも求めない。

いわば、八丁堀同心としての矜持《きょうじ》を示すために行っている。自分が八丁堀同心であることを誇りとし、また、それを自覚するために行っているのだ。

「では、早速《さっそく》と申してはなんですが。詳しいお話をしたいと存じます」

善右衛門は今日の昼、お鶴がお使いで杵屋に来ることになっておると申し添えた。

「お使いということですが、それにかこつけ、松五郎さんのことを相談にやっていらっしゃるのです。わたしはわたしで、蔵間さまがお出でになるものと勝手に予定してしまいました」

善右衛門はぺこりと頭を下げた。

「いや、わたしもわたしで、こんなことを申してはお鶴に気の毒なのですが、なんだか気持ちに張りができた思いでござる」

実際、源之助は胸の高鳴りを抑えることができなかった。

昼八つ、源之助は日本橋長谷川町の杵屋へとやって来た。いや、八つよりも四半時《しはんとき》ほど早い。気持ちの高ぶりを自分でも恥ずかしいくらいに感じられてしまう。

店の裏手に回り、裏木戸から中に入ると母屋の縁側で善右衛門が待っていた。善右衛門に導かれ、庭に面した客間へと入る。雪見障子を通し、落ち葉が木枯らしに吹かれるのを二人は見るともなく見入った。火鉢に手をかざし、待つことしばし当《とう》のお鶴がやって来た。

お鶴は十九歳と聞いたからだろうが、まだ娘盛りといってもいいくらいの瑞々《みずみず》しさで、白い肌が印象的である。取り立てて美人ではないが、黒目がちな瞳が愛くるしさを感じさせ、大店《おおだな》のご新造というよりは箱入り娘といった雰囲気を醸《かも》し出している。

「こちら、お話した北町の蔵間さまですよ」

善右衛門に促され、

「菖蒲屋松五郎の女房で鶴と申します」

お鶴は丁寧に頭を下げた。声音《こわね》もまだまだ娘という感じだ。大店の女房という風格にこそ欠けているが、それを補って余りある華がある。

「亭主を巡って不穏な動きがあるそうな」

源之助が問いかけるとお鶴は唇を噛んだ。ここで善右衛門が、

「では、わたしは失礼致します」

と、気を利かして客間から出て行った。

お鶴は善右衛門がいなくなったところで改めて源之助に向き直った。

「主人に脅迫状が届いたのです」

源之助は黙って話の続きを促す。

「十日ばかり前のことでございました。主人の様子がおかしくなったのです」

お鶴が言うところでは、松五郎は大変な健啖家《けんたんか》、朝は三膳の飯を食べ、夕餉《ゆうげ》には五合の晩酌を欠かさない。

「そんな主人でしたが、十日前からめっきりと食欲が衰えてしまいました」

朝は一膳食べるのがやっと、それも味噌汁をかけて無理に流し込んでいる有様《ありさま》。夕餉には晩酌をしたりしなかったり。する時も精々《せいぜい》一合、それも荒れたような飲みっぷりだという。

「なんだか無理して飲んでいるような」

「身体の具合が悪いのではないのか」

「わたしもそう思いまして、お医者さまに診ていただくよう申したのです」

松五郎が大丈夫だということを繰り返すばかりで応じようとしなかったため、

「五日ばかり前、主人には内緒でお医者さまをお呼びし、無理やり診ていただいたのです」

医者は何処《どこ》も悪くはないという。

「それで、どうしたものかと思っておりましたところ」

松五郎宛てに文《ふみ》が届いたという。松五郎はそれを読むなり血相を変えて飛び出して行ったという。

「それで、いかがした」

「一時《いっとき》ほど出かけたと思ったら顔を蒼ざめさせて戻って来たのです」

松五郎は一言も口を利かず寝てしまったという。お鶴はどうにも気になって翌朝松五郎を問い詰めた。初めこそ口を閉ざしていた松五郎だったが、

「ある男と会った」

と思いつめたように口を開いた。

「その男とは」

源之助の目が光る。

「紋蔵《もんぞう》というやくざ者だそうです」

「紋蔵……」

源之助の脳裏にとめどなく紋蔵という男の姿が幻想となって広がってゆく。凶悪なやくざ者、堅気《かたぎ》の血を吸って生きるどうしようもない男。

「主人はかつてその紋蔵と一緒に博打《ばくち》をやっていたんだそうです。いわば、博打仲間だったそうで。それが、通い詰めた賭場《とば》の摘発で紋蔵は島流しとなったのです。主人はいち早く足を洗ったため、捕縛の難を逃れたとのこと。その紋蔵が半年前に恩赦で島から帰って来たのです」

お鶴の目元は怯えるように引き攣《つ》った。

「島帰りの男か」

源之助は呟いた。

「その男に主人は脅されているようなのです」

お鶴の目が切実に凝《こ》らされた。

二

その頃、源太郎は牧村新之助《まきむらしんのすけ》と共に筆頭同心緒方小五郎《おがたこごろう》に呼ばれていた。奉行所の長屋門を入って右手にある同心詰所の隅で緒方の話を聞く。

「盗人極楽坊主の妙蓮《みようれん》、箱根の関で捕まった」

極楽坊主の妙蓮。

ここ数年江戸や関八州《かんはつしゆう》を騒がしている盗人一味の首領である。通称が示すように元は僧侶をしていたが、五年前に自分の寺を賭場にしていたことから寺を破却され僧籍をはく奪された。以降妙蓮は盗人となった。賭場の寺銭《てらせん》を元手として、賭場を仕切らせていたやくざ者たちを手下に、盗人稼業に精を出したのだ。

盗みを働くと「施し感謝、極楽、極楽、妙蓮まいる」という書付《かきつけ》を残すことからそんな綽名《あだな》がつけられた。その妙蓮が箱根の関所で捕まった。江戸市中を脱出して上方《かみがた》に向かっているということは、捕えた一味の口を割らせてわかっていたことだ。

箱根の関所で捕まったとはまこと吉事である。

「我らの手で捕まえることができなかったのは残念なれど、裁きは北町で受けさせることになった。ついては、妙蓮の受け取りに行ってもらいたい」

緒方は言った。

「承知しました」

大きな声で返事をしたのは源太郎である。

「おお、張り切っておるな」

緒方が頬を綻《ほころ》ばせた。新之助も、

「なにせ、嫁取りしたばかりだからな」

二人のからかいにもかかわらず、源太郎の気持ちは萎《な》えるどころか益々やる気を募らせた。

「極楽坊主の妙蓮、必ずや、江戸まで連れ帰ります」

「うむ。北町の威信にかけてな」

緒方も表情を引き締める。

「お任せください」

新之助も勇み立った。

「ならば、しかと頼むぞ」

緒方に言われ、源太郎も新之助も気持ちの高ぶりを抑えることはできないように顔を上気させた。

「で、出立は急で申し訳ないのだが、明日の朝だ」

「喜んで」

源太郎と新之助は声を揃えた。

源太郎と新之助は胸の高ぶりを抑えることができない。江戸市中を騒がしていた盗人の頭領極楽坊主の妙蓮の身柄を受け取りに行く。しかも、二人とも江戸を離れることは滅多にない。嫌でも興奮を隠すことができずごくごく自然に、

「どうだ、軽く」

新之助が猪口《ちょこ》を傾ける仕草をして見せた。が、すぐに頭を掻き、

「いや、やめとくか。おまえは、所帯を持ったばかりだからな」

ところがこれはかえって源太郎の気を高めることとなった。

「何を申されるのです。かまいません。一つ、出立前の軍議とまいりましょう」

「無理するな」

新之助はからかうようだ。

「行きますよ」

源太郎はむきになって歩きだした。

二人は八丁堀の近く、楓川に架かる越中橋の袂《たもと》にある縄暖簾を潜った。木枯らしから逃げるようにして一日の仕事を終えた職人たちが慌ただしく駆け込んで来る。小上がりに席を取った。飾り気のないがらんとした座敷は衝立で仕切ってある。その内の

一つで二人は向かい合った。

「熱いのと湯豆腐だ」

源太郎は調理場に向かって声をかける。

「思わぬ大役を担うことになったものです」

源太郎は興奮を隠せない様子だ。それは新之助も同様で、

「心してかからねばな」

と、唇を噛んだ。

やがてちろりと猪口が運ばれて来た。お互い酌をし合ってからまずは一杯と飲む。燗酒が五臓六腑《ごぞうろっぷ》に染み渡ってゆく。かじかんだ手が程よく温まり、生気が蘇ってきた。

「牧村さまは箱根へは行かれたことがありますか」

「ない。江戸から一番遠くて江ノ島の弁天だ」

新之助は恥じ入るように俯《うつむ》いた。源太郎とても精々が品川である。

「物見遊山で行くわけではないから旅を楽しむことはできぬが、旅支度は抜かりなくやらなければな」

「おっしゃる通りです」

「女房殿に手をかけさせることになるな」

「御用です。当たり前のことです」

「強気だな」

新之助はにんまりとした。

「それにしましても、極楽坊主の妙蓮、どんな男なのでしょうか」

「おれもそのことには興味を引かれる。破戒《はかい》坊主には間違いなかろうがな、箱根でとっくりと顔を拝んでやろうではないか」

「いかにも」

源太郎は猪口をあおいだ。

「ところで、蔵間殿はどうしておられる。美津殿という嫁が家族に増え、少しは丸くなられたか」

新之助はにこやかに訊いてくる。

「父が丸くなどなるはずがありません。大人しくはしておりますが、うずうずとして、何か影御用がないかと手ぐすねを引いて待っているという有様です」

「それでこそ蔵間源之助だ」

新之助はうれしそうに肩を揺すった。

「まったく、困ったものです」

源太郎も言葉とは裏腹に笑みを広げた。

その源之助はお鶴から聞いた島帰りのやくざ者紋蔵を尋ねるべく浅草並木町《あさくさなみきちょう》にある湯屋竹の湯へとやって来た。その湯屋はかつて紋蔵が厄介になっていた博徒《ばくと》清蔵《せいぞう》の女房が営んでいるという。紋蔵は清蔵を頼って立ち寄り、そのまま居候をしているのだった。

竹の湯の二階に上がり見回した。

「紋蔵はおるか」

大きな声で呼ぶ。浴衣《ゆかた》にどてらを重ねた男がむっくりと起き上がった。男は源之助の身形《みなり》を見て、

「八丁堀の旦那ですか」

ぺこりと頭を下げた。

紋蔵は三十路《みそじ》後半、頬骨の張った目つきのよくない男である。

「北町の蔵間と申す」

「八丁堀の旦那がなんの御用で……。おらあ、島帰りですがね、ちゃんと罪は償《つぐな》ってきたんです。今更、八丁堀の旦那にご厄介になることなんかありませんよ」

紋蔵は生あくびを漏らした。

「近々、厄介になるようなことはないのか」

源之助は視線を凝らした。

「どういう意味ですよ」

紋蔵は薄笑いを浮かべた。

「神田雉子町の履物問屋菖蒲屋松五郎を存じておろう」

紋蔵の目が泳いだ。

「知っておるようだな」

「…………」

「かつての博打仲間だったな」

源之助は詰め寄った。

「もうずいぶん前ですよ」

「おまえにとっては恨みを含む男なのではないのか」

「旦那、よしてくだせえよ。おれは、足を洗ったんだ。博打の話を蒸し返されるのは御免だぜ」

「最近、松五郎と会ったな」

「さあ」

紋蔵は横を向いた。やおら、源之助は紋蔵の襟首を摑んで自分の方に向けさせた。いかつい顔を際立たせ紋蔵に迫る。

「会ったんだな」

低いがどすの利いた声を浴びせる。紋蔵は目を白黒させながら首を縦に振った。

「どんな話をしたのだ」

「懐かしいなって、そんな話ですよ」

紋蔵はしおらしくなった。

「金を強請《ゆす》ったのではないのか」

「そんなこと……。あっしゃ、強請るなんてそんなことはしませんよ。ですがね、昔の好《よしみ》で松五郎の奴、おれに多少の銭を恵んではくれましたがね」

「それを強請りというのだ」

「ですから、違いますって。松五郎は根がいい奴ですからね、あたしに同情して銭をくれたんですよ。同情ばかりじゃなくって、てめえも後ろめたいところがあるんでしょうよ。同じ博打仲間なのに、あいつばっかり助かったんですからね」

「銭とはいくらだ」

「一両だったかな」

紋蔵は巾着《きんちゃく》を取り出すと畳に開けた。一分金や一朱金や銭が零《こぼ》れた。

「旦那が疑っておられるような大金を強請り取るなんてことは金輪際《こんりんざい》していませんや。なにせ、こっちは八丈島で苦労してきたんですぜ。あんな苦労、二度としたくありませんからね」

紋蔵は肩をそびやかした。

「その言葉、忘れんぞ」

「ええ、かまわねえですよ。それより、旦那、どうしてあっしが松五郎を強請っているなんてことをお疑いになったんですか」

「そんなことはどうでもいいだろう。ともかく、二度と松五郎に近づくな」

「あっしから訪ねることはありませんや。向こうから、この湯にでも入りに来るのなら別ですがね」

紋蔵は悪びれる様子もなく言った。

「せいぜい、そうやって強がっていろ。痛い目に遭わないようにな」

源之助は釘を刺すと腰を上げた。

三

源太郎は新之助と別れ、八丁堀の組屋敷へと戻った。

「お帰りなさいませ」

夫婦となって二月余り、美津の出迎えが未だに気恥ずかしくて、つい、難しい顔をしてしまう。今日も無言で大刀を預け奥へと向かった。

「すぐにお食事の支度を」

美津が気遣いを見せたが、

「いや、よい。すませてきた」

「では、お茶をお淹《い》れします」

てきぱきとした所作で美津が茶を淹れた。差し向かいになったところで、

「明日から、箱根までまいることになった」

源太郎は新之助と共に御用で箱根の関所に行くことになったことを告げた。美津は驚くこともなく、

「それは、ごくろうさまです」

「極楽坊主の妙蓮という盗人が箱根の関で御用となってな、その身柄を引き取りに行く」

自分でも興奮していることがわかる。

美津はすぐにお支度をしますと腰を上げた。源太郎はふと物足りなさを感じた。もっと、話をしたいのだが、美津とても急に箱根まで行くと告げられその支度で大変であろう。もっと早く帰るべきだったと妻への申し訳なさが胸をついた。

「急ですまぬな」

「何をおっしゃるのですか、当然ですわ」

言いながら美津らしい無駄のない動きで旅支度をしてくれる。それを眺めているとわけもなく愛《いと》おしさが募ってくる。

「あら、いけない、道中囊《のう》がございません」

「そうだったな」

しまったと思ったがもう遅い。今から買いに行くわけにもいかない。

「仕方ない、父上に借りよう」

「そうですわね。お父上にも箱根のことも話された方がいいですわ」

「それもそうだ」

源太郎は立ち上がると居間を抜けた。

それよりも前、源之助は紋蔵を締め上げてからその足で神田雉子町の履物問屋菖蒲屋へとやって来た。菖蒲屋は新興の店らしく屋根瓦が新しく葺《ふ》かれ、屋根看板も真新しい。草色の暖簾には菖蒲屋という屋号と菖蒲の花が描かれていた。ひとしきり眺めてから、木枯らしに揺れる暖簾を潜る。

土間を隔てて小上がりになった店が広がっている。陳列棚に履物が並べられ手代たちが客の応対に当たっていた。店の奥には帳場机があり、中年の男が座っている。松五郎だろう。

松五郎は源之助と目が合うと軽く頭を下げた。源之助が目で話があることを告げると松五郎がゆっくりと歩いて来た。なるほど、顔色が悪い、頬がこけ、肌はかさかさとしていた。

「八丁堀の旦那でいらっしゃいますか」

「北町の蔵間と申す」

「それはご苦労さまでございます」

松五郎は丁寧に頭を下げたものの上目使いに探るように視線を凝らした。

源之助はそっと耳元で、

「紋蔵のことで話がある」

と、囁《ささや》いた。

一瞬にして松五郎の顔色が変わった。が、周囲に気取られてはまずいと思ったのだろう。すぐに正気を取り戻し、

「では、奥へ」

源之助を奥の客間へと案内した。客間に入るなり源之助は言った。

「安心しろ。このことは表沙汰、つまり、奉行所の役目とはしない。わたしは定町《じょうまち》廻《まわ》りではない。両御組姓名掛と申してな、閑を持て余しておる部署だ」

源之助はいかつい顔をできるだけ綻ばせた。そう言われても松五郎とすれば半信半疑の様子だ。自分の旧悪を暴かれ、その罪を改めて問われると思っているのだろう。じっと口を閉ざしている。

そこへ、お鶴が入って来た。お鶴は松五郎に向かって両手をついた。

「旦那さま、申し訳ございません。わたし、旦那さまには無断でこちらの蔵間さまにご相談申し上げたのです」

お鶴が源之助に紋蔵のことで相談した経緯を語った。松五郎は表情を動かさなかっ

たが、探るようにお鶴と源之助の顔を交互に見やった。

「そういうことだ。だから、勝手ながら紋蔵を尋ねた」

「そうでしたか」

松五郎はがっくりとうなだれた。

「今更、おまえの罪を問うつもりはない。だがな、その罪を償うためにも商売に精進せよ」

「紋蔵はなんと申しておりましたか」

「久しぶりに会っておまえから多少の小遣いをもらった、と申しておったぞ」

「紋蔵が……」

「実際のところはどうだったのだ。脅されたのだろう」

「いえ、そういうわけではありません。紋蔵がわたしのことを脅すことはありませんでした。あいつとて、島帰りです。わたしを脅して、そのことで罪に問われたなら今度こそ死罪を賜りましょう。そのことは紋蔵自身もよくわかっております。ですから、あいつがわたしを脅すことはありませんでした」

「ならば、どうしてそんなに怯《おび》える」

「怯えてなど……」

松五郎は否定したそばから唇を震わせた。

「このところ、飯も喉を通らぬ有様だそうではないか」

源之助はちらっとお鶴を見た。

「旦那さま、近頃、めっきりとおやつれでございます」

お鶴の睫毛《まつげ》が心配げに揺れる。

「紋蔵から強請られたのではないのか」

源之助は問を重ねる。

「紋蔵が恐いのではございません」

松五郎は心情を吐露《とろ》するかのように両目を大きく見開いた。

「では、何を恐れているのだ」

源之助はじっと松五郎を見つめる。

「極楽坊主の妙蓮……」

松五郎はぽつりと言った。

「極楽坊主の妙蓮、盗人の頭ではないか。それがおまえとどう関わるのだ」

「妙蓮の賭場を売ったのはわたしだからです」

極楽坊主の妙蓮はかつて自分の寺で賭場を開帳していた。松五郎と紋蔵はそこに入り浸っていたそうだ。ところが、松五郎は負けが込むようになって借金を抱え、それを帳消しにすべく、南町奉行所に売ったのだという。

「妙蓮はあやうく捕縛されそうになりましたが、どうにか、賭場の金を持って逃げ、それを元に賭場を仕切らせていたやくざ者を配下に従えて盗みをするようになったのです」

「妙蓮はすぐには、おまえに仕返しをしなかったのか」

「わたしが売ったことを知らなかったようです。ところが、紋蔵の奴が」

松五郎は唇を嚙んだ。

島から帰ると紋蔵は、売ったのが松五郎であることを妙蓮に報せたのだという。

「つまり、紋蔵はおまえを強請る代わりに妙蓮に報せることによって、おまえに恐怖心を抱かせておるのだな」

「妙蓮はやって来ます。必ず、わたしの財産を奪い、わたしの命を奪います」

松五郎は恐怖で身を震わせた。

「旦那さま……」

お鶴が心配げに亭主の顔を見る。

松五郎はお鶴の手を握り大丈夫だとうなずいた。

「極楽坊主の妙蓮、北町も火盗改《かとうあらため》も血眼《ちまなこ》になって追っておる。そうはやすやすと盗みなどできぬ。それに、一味にはお縄になった者もおる。相当に妙蓮の力は削がれておる」

源之助は安心させるように言う。

「しかし……」

松五郎の心配は去りそうにない。

「きっと、蔵間さまが守ってくださいますよ」

お鶴は励ますように松五郎の手を握った。

松五郎も女房に心配かけまいと思ったのか笑みを作り言った。

「そうだ。心配には及ばない。今まで通り商売を続けることだ。それにしても、杵屋さん、ご親切な方とは思ったが、蔵間さまに相談してくれたとはな」

「杵屋の倅善太郎もかつては賭場にはまっておった。善太郎は今では立派に商いをしておる。善右衛門殿にすれば倅のこともあるから、放ってはおけなくなったのだろう」

「ありがたいことです」

お鶴が言い添える。

「今度、杵屋さんにお礼をしなくてはいけないね」

松五郎もそれに応じた。

「話はよくわかった。とにかく、騒がず商売を続けよ。但《ただ》し、戸締りにはくれぐれも用心するのだぞ。夜道の一人歩きも控えよ。わたしはこれから奉行所に帰り、妙蓮のことを確かめる」

「重ね重ね、お手数をおかけします」

「なんの、乗りかかった舟だ」

源之助は腰を上げた。思わぬところで思いもしない大物盗人に突き当たったものである。それは松五郎には気の毒だが、源之助の八丁堀同心としての血を燃え立たせるものであった。

四

源之助は北町奉行所に戻り、同心詰所に顔を出した。中には筆頭同心の緒方小五郎が一人残っていた。緒方は源之助の顔を見ると少しばかり怪訝な顔をした。

「今日は非番では」

「少しばかり気になることが起きまして」

「蔵間殿のことですから、また、何か事件にでも首を突っ込まれたか」

緒方はおかしそうだ。

「まあ、そんなところです。実は、極楽坊主の妙蓮絡みのことでしてな」

緒方の表情が微妙に動いた。

源之助はかまわず、神田雉子町の履物問屋菖蒲屋松五郎のことを持ち出した。緒方はうなずいてから言った。

「実はその極楽坊主の妙蓮、箱根の関所で捕縛されております」

「なんと」

「そして、その身柄を牧村と源太郎殿に受け取りに行くよう命じた次第」

「源太郎にそのような大役を……」

源之助の胸には息子が大役を担うことの喜びと不安が複雑に交錯した。

「源太郎、無事役目を果たすことと思います」

緒方の気遣いが身に染みる。

「すると、妙蓮は箱根の関所に囚われの身となっておるのですか」

「数日中には北町の白洲で裁きを受けることでしょう」

「松五郎の心配も失せるということですな」

「いかにも。心配無用ということです」

「それで、一安心です」

「それにしましても蔵間殿、相変わらず役目熱心でござるな」

「これぱかりは性分です」

「源太郎も嫁をもらったことですし、遠からず孫の顔を見ることができましょう。そうなったら、蔵間殿も多少はお変わりになるでしょうが」

「そうだといいのですが。これぱかりはどうでしょうな」

源之助は頭を掻いた。

源之助はその足で再び菖蒲屋へとやって来た。

客間に松五郎とお鶴が出て来た。

「安心だ。妙蓮の奴、箱根の関でお縄になったぞ」

源之助は言った。

「よかった」

お鶴は胸を撫で下ろす。松五郎は半信半疑の様子だ。

「旦那さま、これでもう安心ですよ」

お鶴に励まされ、松五郎は肩の力が抜けたようにぐったりとなった。

「妙蓮も年貢の納め時であったということだ。悪党もこれまでだな」

「本当にようございました。蔵間さま、本当にありがとうございます」

お鶴に両手をつかれ、いささか困惑をしてしまう。

「いや、わたしは何もしておらん。ただ、紋蔵に釘を刺してやっただけだ」

と、その時、

「旦那さま」

と、小僧が一通の文を持って来た。お使いに出てその帰途、旅人風の男から松五郎に届けるよう託されたのだという。

「そうかい。ありがとう。もう、湯に行って休みなさい」

松五郎は小僧に言ってから文を広げた。次の瞬間には目が尖《とが》った。

「どうしたのですか」

お鶴も悪い予感に囚《とら》われたようだ。

「妙蓮からだ」

松五郎は震える手で文を差し出す。

源之助が受け取った。さっと目を通すと、

「おまえを許さん。財産、おまえの命、女房、全て奪う。極楽、極楽、妙蓮」

と記してあった。

「蔵間さま」

お鶴が甲走《かんばし》った声を発した。

「落ち着け、妙蓮は箱根の関所で捕らわれたのだ。この文は旅の途中で寄こしたのだろう。捕まる前にな」

源之助は落ち着かせようと努《つと》めて冷静に諭《さと》した。

「そうでしょうか」

お鶴は不安げだ。

「蔵間さまのおっしゃる通りさ。箱根の関で捕まった者が文など出せるものか」

松五郎も自分を納得させるように言う。

「だといいのですが」

お鶴はまだ不安げだ。

「明日、わたしの息子が妙蓮の身柄を受け取りに行く。妙蓮が襲ってくることなどあり得ぬ」

源之助は自信たっぷりに請け負うと、松五郎も事態をようやく受け入れ笑みをこぼすまでになった。

「これで枕を高くして休むことができます」

松五郎は言った。

それを見て源之助も安心し安堵のため息を漏らした。

「ところで、菖蒲屋というのは珍しい名前だな。そんなに菖蒲の花が好きなのか」

「死んだおとっつあんが好きだったんです。以前は伊勢屋と言っていたんですがね、それでは変わり映えしませんから」

確かに伊勢屋という屋号の店は多い。江戸の名物、「伊勢屋」「稲荷」に「犬の糞《くそ》」と言われるくらいに江戸の町々には伊勢屋の看板が目につく。

「それで、この店を受け継いだ時に思い切って名を変えたんです。菖蒲の花にちなんだのと、もう一つはこれからが、『勝負』だということも引っかけましてね」

松五郎は安堵ゆえか、声音が明るくなった。

「なるほどのう」

源之助はひとしきり世間話をしてから腰を上げた。

非番の一日であったが、なんだかんだと一日中歩き回ってしまった。木枯らしに吹かれ身体が冷え切っていたが、影御用の目途が立ったという安心感から心地よい疲労が体内に残っている。一日家を空けた源之助に久恵は特に何も言ってこない。

玄関で三つ指をつき、源之助の大刀を受け取ったところで食事の用意をすると言ってきた。そういえば、昼餉《ひるげ》は食べていない。食事の支度をすると聞いて急に腹の虫が鳴った。

すぐに食事をしたくなったが、ふと妙蓮のことを思い出した。

「ちょっと、源太郎の所へ行ってくる」

源之助はそう言い置いて母屋を出ると離れ家へ向かった。離れ家の玄関の格子戸を開け、

「わたしだ」

と、声を張り上げる。

すぐに美津の声が返された。待つこともなく美津が現れた。匂い立つような笑顔で、

「ようこそおいでくださいました。どうぞ、お上がりください」

美津は源之助を家の中へと導く。

玄関に雪駄《せった》が脱いであるから源太郎は帰宅しているようだ。居間に入ると源太郎は

挨拶もそこそこに、

「丁度《ちょうど》今、お伺いしようと思ったのです。父上、道中嚢をお貸しください」

「箱根行きか」

源之助にずばり指摘され源太郎は意外な顔をした。

「緒方殿に聞いた」

次いで、杵屋善右衛門の依頼で菖蒲屋松五郎の一件に当たったことを話した。

「その松五郎、極楽坊主の妙蓮による復讐を恐れておったのだが、妙蓮が箱根の関で捕まったということでやれやれだ」

「妙蓮という坊主もこれで年貢の納め時です」

「しくじることはなかろうが、心してかかれ」

「父上、よもや抜かりはございません」

源太郎は胸を張って見せた。頼もしい限りである。美津を娶り、御用に自信をつけてきたことが窺える。

「箱根の山は雪か」

源之助は言った。

「そうだ。父上、母上と一緒に箱根にお出かけになってはいかがですか」

源太郎の提案に美津も賛同する。

「馬鹿なことを申すな」

源之助は言下に否定した。

「馬鹿なことではございません。お父上、ゆっくりとされるのはよいことですよ」

美津が言う。

「美津の申す通りです。父上は母上を何処《どこ》にも連れて行かれていないでしょう」

「まあ、そうだが……」

実際、取り立てて何処にも連れて行っていない。筆頭同心として忙しく駈けずり回っていた頃はそんなことは思いもしなかったし、居眠り番に左遷されてからは閑を持て余していたが、それを口に出すことは気恥ずかしさが先に立ち、久恵の方から要望がないことをいいことにおざなりにしてきた。

「母上喜びますよ」

源太郎が強く勧める。

「いや、あれは特に行きたい所などないと申すだろう」

「それは、お母上らしい奥ゆかしさです。そのことはお父上もよくおわかりのはずですよ」

美津もここぞとばかり源太郎の味方になる。

「道中嚢、用意しておく」

源之助は気恥ずかしさからぶっきらぼうに言うと腰を上げた。

五

源之助は母屋に戻り、源太郎に道中嚢を渡した。それから、久恵が用意した食膳に向かう。

無言で食べ始めたが、久恵が源太郎に道中嚢を渡したことを気にしている様子なので黙っているのもなんだと思い、

「源太郎、明日から御用で箱根に行くそうだ」

「まあ、箱根ですか。今の箱根はもうずいぶんと寒いことでしょうね」

「そうだろうが、御用の筋ゆえ、寒いの暑いのとは言っておれん」

「それはそうでしょうが」

久恵は目を伏せた。

源之助はできるだけさりげなく話題を振った。

「箱根にでも行くか」

あまりに言葉足らずのため久恵は怪訝な顔を返すのみだ。

「あ、いや、箱根に湯治《とうじ》にでもと思ったのだがな」

「箱根でございますか」

「いや、箱根に拘《こだわ》ることはないのだが、たまには、いや、たまではないが、ふと、温泉にでも行かぬかと思ったのだ」

「旦那さまと二人ででございますか」

久恵は意外であったのか思わぬ言葉を返してきた。これには源之助も戸惑ってしまう。

「嫌か」

これまた自分でも思いがけないことを問い返してしまった。

「嫌ではございませんが。ちょっと、意外でございましたので」

「別に無理にとは申さん。その、なんだ、気が向いたらということだ」

「わたくしをお気遣いくださるのなら、それはうれしゅうございますが、旦那さま、無理をなさらないでください」

「無理などするつもりはない。何せ、閑だからな」

源之助はここまで言うと飯を掻き込んだ、今日は栗ご飯である。源之助の好物だった。栗をかみ砕き、甘味を存分に味わってから茶を飲む。鰯《いわし》の塩焼きも脂が載っていて実に美味だった。

「源太郎は明日から箱根ですか」

久恵は遠くを見るような目をした。

「重罪人の引き取りにまいる。物見遊山ではない。源太郎もそんな大事な役目を任されるようになったということだ」

久恵の顔に母親としての喜びが表れた。

「美津とうまくいっているようだな」

「源太郎には過ぎた嫁ですわ。料理の腕もなかなかなのですよ」

「武芸が達者なことは存じておったが、料理もとはな」

「この栗ご飯、美津殿のお裾分けです」

「なるほど、大したものだ。栗の実、硬からず柔らか過ぎず、いい塩梅に焚けておる」

改めて栗ご飯を賞味してみる。それから、

「美味《うま》い」

という声を出した。

久恵もにっこり微笑んだ。

明くる二日の朝、源之助は心地良い寝覚めを迎えた。朝餉を食し、身支度を整えてから母屋を出ると庭の落ち葉を掃除している美津と目が合った。美津は箒を止め、お早うの挨拶を送ってくる。

「源太郎もう発ったのか」

「はい、明け六つ前に」

美津のことだ。それよりも早く起き、朝餉を用意して源太郎を送り出したことだろう。

「栗ご飯、美味かった」

「お口に合いましたか」

「合ったどころではない。三杯も食してしまった」

「お父上はいつまでもお元気ですね。源太郎さまは一膳しか召し上がってくれなかったのですよ」

「勿体《もったい》ないことをするものだ。あいつは酒好きだからな」

言いながら源之助は屋敷を後にした。

奉行所に着き、いつものように両御組姓名掛へと足を向けようとした。通称居眠り番と揶揄される暇な部署ゆえ、奉行所の建屋内にはない。築地塀《ついじべい》に沿っていくつか並んでいる蔵の一つに間借りしている。中は床に畳が二畳敷かれ、座布団と文机《ふづくえ》、火鉢が置かれてあった。壁には書棚があり、そこに、南北町奉行所に所属する与力、同心の名簿が収納されている。

誰もいないうすら寒い土蔵の中にぽつりと座って火鉢の火を熾《おこ》す。菖蒲屋松五郎の一件がひとまず落着したとあって、いつものように何もすることがない。ついついごろんと仰向けになったところで、

「失礼します」

と、緒方が入って来た。

さっと半身を起こし威儀を正す。緒方の顔は何やら異変が起きたことを物語っていた。

「菖蒲屋松五郎が殺されました」

「なんと」

さすがに驚きを禁じ得ない。

「今朝、女房のお鶴から神田雉子町の自身番に届けられたのです」

緒方の唇は蒼ざめている。

「して、下手人は……」

「詳しいことはわからないのですが、お鶴は極楽坊主の妙蓮の仕業だと申しておるようです」

「妙蓮の……」

そんな馬鹿なという言葉を胸の中で呟く。それは緒方も同じ思いらしく、

「それはあり得ないと思うのですがな……」

緒方は首を捻った。

「では、すぐにも下手人探索をなさるのですな」

緒方の顔が曇った。

「問題はそこなのです。牧村も源太郎もいなくなりました。残りの定町回りは各々の役目で手が塞がっております」

「わかりました」

源之助は胸を叩きたくなったが、さすがにそれは慎んだ。松五郎の死に責任を感じ

てしまったのだ。自分が妙蓮が捕縛されたことを告げて安心させなければ、こんなことにはならなかったのではないか。松五郎は油断することなく、きっちりと身を守ることをしたのではないのか。

「こんなことを申しては失礼ながら、蔵間殿が菖蒲屋松五郎と関わりを持たれたのは何かの縁と申すもの」

「緒方殿、お気遣い無用です。この一件、頼まれなくてもわたしが是非とも乗り出さなければ気がおさまりません」

「やってくださるか」

「もちろんです」

源之助が快く承知したことで緒方はほっと安堵して軽く頭を下げた。

「お鶴に聞かねばはっきりとはしませんが、お鶴が下手人を妙蓮だと言っていることがやはり気にかかります」

「わたしもそれが気がかりです。箱根の関所は極楽坊主の妙蓮を捕まえたと申しておりますが、果たして、それがまことの妙蓮なのでしょうか」

「素性は確かめたのでしょうけど」

「よもや間違いはないと思いますが」

緒方も不安が去らないようだ。

源之助の胸にも源太郎のことが過《よぎ》った。緒方が、

「菖蒲屋松五郎の一件、早馬を仕立て、牧村と源太郎にも報せます。妙蓮のことじっくりと調べよと」

「それがよろしかろうと存じます」

源之助も深くうなずいた。

「それにしても、極楽坊主の妙蓮、まったく人騒がせな坊主ですな」

緒方が苦々しい顔で呟いた。

この時、源之助の胸にはこの一件が素直には解決できない底なし沼のように思えた。そして、自分はその底なし沼へと間違いなく一歩踏み出してしまったのだという気がしてどうしようもなくなった。

緒方もそんな思いがするのか、

「なんだか、嫌な予感がしますな」

と、深刻な表情となった。

「いかにも」

「こういう時こそ、蔵間殿のお力が必要なのかもしれません」

「微力ですが、精一杯やってみます」

ふと久恵の顔が脳裏を過った。湯治へ行こうと誘っておきながら当分は行けそうもない。

――すまん――

内心で詫びたものの、久恵も期待はしていないような気もする。

――いつか必ず連れて行く――

そのいつかがわからないし、なかなか来ないことを源之助以上に久恵がわかっていると思えてきた。

第二章　目算狂いの御用

一

源之助は神田雉子町にある履物問屋菖蒲屋へと向かった。店が近くなるにつけ、お鶴に対する申し訳なさ、更には殺された松五郎への悔恨の念で胸が溢れかえってきた。だが、今はともかく松五郎殺しの下手人、お鶴は極楽坊主の妙蓮だと言っているそうだが、下手人を挙げることが松五郎に対するせめてもの供養と言えよう。

やって来ると、さすがに店はやっていない。松五郎が殺されたことを聞きつけたらしい野次馬たちが雨戸が閉じられた店の前をうろうろとしていた。源之助は不愉快そうに空咳をして野次馬たちを睨む。野次馬たちはいかつい顔をした八丁堀同心の目を気にして、そそくさと去って行った。

裏手に回り、裏木戸から中を覗く。と、裏木戸がどす黒く染まっている。血痕のようだ。ひょっとして、松五郎のものか。だとすれば、松五郎は裏木戸で刺されたか、斬られたか、したのだろう。母屋も雨戸が閉じられ、奉公人らしい若い男数人が庭を掃除していた。その内の一人にお鶴の所在を確かめる。お鶴はこの近くの自身番に居るとのことだった。

急ぎ自身番に向かう。

自身番で素性を告げると町役人たちに丁重に迎えられた。土間に松五郎の亡骸《なきがら》が寝かされているらしく、筵《むしろ》が人の形に盛り上がっている。その横にはお鶴が悄然として蹲《うずくま》っていた。町役人が耳元で、

「ずっとあのまま、亡き松五郎さんのそばを離れないんですよ」

言った当人も他の町役人も言葉をかけられないでいる。お鶴の気持ちを思えば無理もないが、話を訊かないわけにはいかない。

「お鶴」

そっと声をかけた。

お鶴はうつろな目を向けてきた。そして、源之助だと気付くや、

「うちの人、殺されたじゃありませんか」

と、わあっと泣き崩れた。源之助は口を閉ざししばしお鶴の泣くに任せた。肩を震わせ泣きじゃくるお鶴に成す術《すべ》もなく、源之助は見守るしかない。どれくらい時が経ったであろうか。お鶴は泣き疲れたのかしゃくりあげると、源之助に向き直った。腫れぼったくなった目を見ると胸が締め付けられた。

「すまん、わたしの見通しが甘かった」

まずは詫びを入れた。

お鶴は舌を失くしたように黙り込んでいる。重苦しい空気が自身番を覆い、町役人たちもさすがに気が差したのか、

「お役人さまが来てくださったんだ。辛いだろうがきちんと話をしなきゃ。松五郎さんを殺《あや》めた下手人を挙げてくださるんだから」

お鶴は弾かれたように背筋をぴんと伸ばし、

「下手人は極楽坊主の妙蓮です」

と、きっぱりとした口調で言った。

「どうして妙蓮の仕業と思うのだ」

源之助は努《つと》めて優しく問い返す。

「これです」

お鶴は懐中から一通の書付を差し出した。そこには、

「恨みを晴らしてやった。極楽、極楽　妙蓮まいる」

と、記してあった。

これまでに妙蓮一味が行ってきた盗みの現場に残された書付と同じである。なるほど、これを見れば松五郎を殺したのは妙蓮だと思える。妙蓮が松五郎に恨みを抱いていることを知る者は、当の妙蓮と妙蓮の一味、そして、紋蔵だ。紋蔵が下手人とは考えにくい。島帰りの身、しかも、八丁堀同心たる源之助に睨みを利かされたとあれば、迂闊《うかつ》に動くことはあるまい。第一、松五郎を殺しても紋蔵の得にはならない。

「蔵間さま、妙蓮は箱根の関所でお縄になったっておっしゃいましたよね」

「申した」

「それが、うちの人を殺したというのは一体どういうことなのでしょう。いい加減なことを申されたのですか」

「わたしを責めるのはいい。当然のことだ。だがな、まずは、話を訊かせてくれ。松五郎が殺された時の様子だ」

己自身に落ち着けと言い聞かせ源之助は尋ねた。お鶴は抗《あらが》うように口を尖らせたが、

源之助に対する非礼を思ったのか表情を緩めた。

「昨晩、店を閉めてから夕餉を終え、うちの人は湯屋へ行ったんです。その湯屋の帰り、裏木戸まで帰って来た時に……」

松五郎は裏木戸で殺されたのだという。時刻は宵五つ半(午後九時)を少し回った頃合いだった。

「すまん、亡骸を検《あらた》めるぞ」

源之助は一言断りを入れてから亡骸のそばにしゃがみ込むと筵を捲った。それから、両手を合わせしばし瞑目する。ゆっくりと目を開き松五郎の亡骸を見やった。松五郎は喉をかき切られていた。裏木戸辺りをどす黒く染めていた血痕が殺害時の凄惨さを物語っていた。

「わたし、その時、見たんです」

お鶴は裏木戸から走り去る男を見たという。その男は墨染《すみぞめ》の衣を着ていた。間違いなく坊主頭だったという。その上、その坊主、書付を松五郎の亡骸に置いていったということだった。

「しかと見たのだな」

「間違いありません」

お鶴は妙蓮以外の下手人はいないと強く主張した。涙枯れるまで泣いたお鶴だったが、気持ちを強く持ったようで、妙蓮を早く捕えよと求めてやまない。

その顔をぼんやりと眺めながら、これまでの極楽坊主の妙蓮一味の盗みを思い浮かべてみる。正確には思い出せないが、押し入った商家で確かに何件かの殺しはあった。だから、妙蓮が殺しを厭《いと》わないということは確かだ。

「それで、何か盗まれたものはあるのか」

「いいえ」

お鶴を首を横に振った。

「何も盗まれておらんのだな」

もう一度念押しをするとお鶴ははっきりとありませんと答えた。妙蓮は松五郎に文を寄こした。そこには、おまえの財産、女房、そしておまえの命を根こそぎ奪ってやると記してあった。何も、妙蓮の予告通りの犯行に及ぶとは限らないものの、その文面との違いは何か意味があるのだろうか。そんな源之助の心の内を見透かしたようにお鶴は言った。

「蔵間さまは、こうお考えなんでしょう。昨日届いた文とは違うじゃないかと」

「いかにも」

「妙蓮は自分を売った松五郎が憎くてしかたなかったんじゃないでしょうか。だから、うちの人の命をまずは何より奪いたかったのだと思います」

お鶴は考え考え絞り出すように言った。

「そうかもしれん」

源之助もひとまずお鶴の考えを受け入れた。尚《なお》もお鶴は続ける。

「それに、うちはそんな大金があるわけじゃありません」

源之助はおやっという顔をした。菖蒲屋は新興の履物問屋ながら、その発展ぶりには目を瞠《みは》るものがあり、店も新築したばかりではないか。

「表通りにご立派な店を構えておいて、お金がないとは言わせないとおっしゃりたいのかもしれませんが、うちの人、かなり無理していたんですよ。店の新築にはお金がかかりましたし、奉公人も増やしましたし、蔵の中には大金はございません」

「だから、妙蓮は盗みには入らなかったと言いたいのだな」

お鶴は遠慮がちに首を縦に振る。

これまでに妙蓮一味が盗みを働いてきたのはいずれも大店で、一軒当たりの盗みは千両は下らない。大店以外には寺院である。決まって賭場が開かれているという評判の寺だった。つまり、博打の上がりをごっそり頂くということを繰り返してきたのだ。

源之助は顎を掻いた。

「ですから、うちの人はあくまで恨みで殺されたのだと思います」

ここで源之助は嫌な予感に囚われた。

「下手人は妙蓮として、果たしてこのまますませるものだろうか」

ここでお鶴の目が恐怖に引き攣った。

「今度はあたしを狙うということですか」

「その可能性はある」

「そんな……。確かに妙蓮の文にはわたしの命を奪うことも記してありましたけど、それはいくらなんでも」

言いながらお鶴自身がそのことを否定できない様子である。

「しばし、身を隠した方がいい」

「でも、うちの人の野辺《のべ》の送《おく》りがありますから」

「まさか、通夜の晩に妙蓮が襲って来ることはないと思うが、一応、店の周囲を警戒するよう手配りをしておく」

お鶴はしおらしく頭を下げた。

「あたしらも夜回りをするよ」

町役人が言った。それでも安心できないようでお鶴は黙り込んでしまった。

「ともかく、妙蓮の行方、草の根かきわけても探す」

言いながらも箱根の関所で捕まった妙蓮のことが気にかかる。箱根の関所で捕えられているのは妙蓮ではないということか。箱根の関所が妙蓮を捕縛したと連絡をしてきた以上、妙蓮かどうか確かめたはずだ。

「ともかく、亭主殺しの下手人、必ず捕縛する」

そう強く言い置いて源之助は自身番を出た。

「さて」

まずは何処から探るか。

二

源之助は再び紋蔵が居候をしている浅草並木町の竹の湯へとやって来た。二階に上がると紋蔵は寝そべって講談本を読んでいた。源之助が声をかけると紋蔵は顔を上げ、うんざりしたように顔をしかめた。

「なんですよ。まだ、何かあるんですか。おらあ、松五郎を強請ってなんかいませんぜ」

いかにもいい加減にしてくれと言いたげだ。

「そのことではない。もう、おまえは松五郎を強請ることはできなくなったのだからな」

源之助は思わせぶりな顔をした。

「………」

紋蔵の顔に警戒の色が浮かんだ。

「松五郎は殺された」

「ま、まさか……」

紋蔵は目を白黒させ生唾を呑み込んだ。

「誰に……。まさか、極楽坊主の妙蓮の仕業ってことですか」

「松五郎が殺されたこと、知らなかったのか」

「知ってるわけねえでしょう。いつですか」

紋蔵は大きくかぶりを振ってから身を乗り出してきた。

「昨晩だ。おまえ、何処にいた」

「旦那、あっしを疑っているんですか」

「ああ、疑っている」

源之助は威圧を込めて言った。

「馬鹿なことおっしゃっちゃあいけませんや。昨日も言いましたがね、あっしゃ、島送りになってもう懲りているんですよ。今更、人を殺して何になるんですよ」

「何になるかはわからん。おれが聞きたいのは、おまえは昨晩何処で何をしておったのかということだ」

「あっしゃ、ここに居ましたよ」

「そのこと証言できる者は」

「そりゃ」

紋蔵は立ち上がり二階を見回し、

「おれ、昨晩ここに居たよな」

と、呼ばわった。

何人かがこちらを向いた。その内の一人に紋蔵が視線を向け、

「おまえ、おれと将棋を指していたよな」

男はおっかなびっくりうなずく。源之助が、

「何時頃《なんどき》のことだ」

「ええっと」

紋蔵は思案を始めたが、将棋の相手となったという男が、「宵五つ半」だと証言した。お鶴の証言では松五郎が殺されたのは同じく宵五つ半くらいだった。ここから、走っても神田雉子町までは半時近くかかる。

「そのこと、間違いないな」

源之助はいかつい顔で将棋相手に尋ねた。男は首を縦に振った。

「おわかりいただけましたか」

紋蔵はほっと安堵の表情を浮かべる。

「ま、いいだろう。ならばもう少し話が聞きたい」

源之助は改めて紋蔵を見た。紋蔵は殊勝に正座をし直した。

「どうぞ、なんなりと」

「ずばり訊く。妙蓮は松五郎を殺すと思うか」

「妙蓮の仕業だと思いますよ」

「松五郎の女房、お鶴の証言だ。お鶴は妙蓮の顔を知らないはずだからな、別人が妙蓮に成りすましたということも考えられる」

源之助はお鶴が亭主殺しの下手人を妙蓮とする根拠を妙蓮から届いた文にあること

を話した。

「なるほどそういうことですか。旦那の口ぶりじゃあ、妙蓮の仕業ってのは怪しいって思っていなさるようですね」

「妙蓮と決めつけるのはよくないと思っておる」

「ということは、ずばり、旦那はお鶴を疑っていらっしゃるんじゃないですか」

紋蔵はにやっとした。

「その可能性はあると思っている」

実際のところ、源之助にはひょっとしてという思いがある。お鶴の一人芝居。文も証言もお鶴の自作自演ということだ。妙蓮を下手人と思わせて実は女房の亭主殺し。そう疑ってみれば、自身番での悲しみようは芝居がかっていたようにも思えてくる。

「旦那、お鶴が松五郎を殺して菖蒲屋の身代をごっそり頂こうっていう腹だって睨んでいなさるんですか」

「そういうことも考えられる」

源之助は慎重な言い回しで答えた。

「そいつはどうですかね」

紋蔵は首を捻った。

「間違いだと申すか」

「松五郎に会った時に聞いたんですよ」

紋蔵は松五郎と話をし、若い女房を貰ったことを揶揄したという。

「あんないい女、よくものにしたなって。こっちとしちゃあ、やっかみってもんがあるじゃござんせんか。ですんで、どうせ、女房はおめえの財産目当てで嫁に入ったんだ。猫いらずでも入れられないよう用心しなって言ってやったんですよ」

「それで……」

「松五郎の奴、お鶴はそんな女じゃないなんてぬかしやがって、あっしゃ、のろけかと思ったんですがね。よくよく聞いてみると、これがそうでもねえんです。たとえ、松五郎が死んでも、お鶴には財産は渡らないそうなんですよ」

松五郎が言うには、お鶴の方から女房になるにあたって、決して自分は財産目当てではないということをはっきりさせたいと申し出たという。

お鶴の願いを受け入れ、松五郎は万が一自分が死んだ場合は、お鶴に金五十両を与え、その他の財産は一切渡さないという書付をお鶴の希望で作成した。

「だから、お鶴に殺されることはないと、あいつは言っていました」

「五十両のみか」

五十両は大金だが、それで亭主を殺すかとなるといささか疑問だ。五十両では亭主が生きていた方がいい暮らしができるというものだ。財産目的での亭主殺しという線は消える。

「松五郎の奴、お鶴はおれに心底惚れているんだなんて、のろけやがって」

紋蔵は苦笑いを浮かべた。

「お鶴とは何処で知り合ったのだ。なんでも柳橋の芸者であったというが」

「柳橋の料亭だそうですよ。松五郎の一目惚れって奴ですよ。あいつ、うまいことやりやがったってもんです」

紋蔵は舌打ちをした。

「すると、やはり、妙蓮が下手人ということか」

「そうでしょうよ」

「妙蓮とはどんな男だった」

「そういう風に訊かれましてもね、うまいこと答えられませんや」

「盗み目的以外で人を殺めるような男かと訊いておる」

「それはまあ、ひどく欲深いお人ですからね」

紋蔵は妙蓮ならやりかねないと言った。

「妙蓮一味は何人おるのだ」

「わかりませんや。妙蓮が住職をしていた寺で賭場を仕切っていたやくざ者となりますと、せいぜい十五人くらいですかね。でも、それから盗みを繰り返したんですから、人数はもっと増えているかもしれませんがね」

箱根で捕まったのが妙蓮として、その妙蓮の意向を受けた手下が松五郎を殺したとしても不思議はないということか。

「おまえ、妙蓮の顔を覚えているか」

「覚えていますけど、いや、怪しいもんですぜ。もう、五年も前のことですからね。あの頃とはずいぶんと容貌が変わっているかもしれませんや」

それは無理からぬことである。

「たとえば、妙蓮を見たら、そいつが真の妙蓮であるかどうかの区別はつくか」

源之助は新之助と源太郎が箱根から引き取って来た妙蓮を紋蔵に首実検させようと思った。

「眼の前で見れば、そりゃわかると思いますよ」

「ならば、その時は頼むぞ」

「まあ、それくらいのことでしたら、お引き受けしますよ。あっしもこのまま悪党として死んでいくのもなんですからね、せめてもの償いにご協力させてもらいますよ」

紋蔵はしおらしく頭を下げた。

「その時は頼む」

「旦那、お鶴、大丈夫ですかね」

「妙蓮が狙っているというのか。ちゃんと、用心しておる」

「これ以上、妙蓮をのさばらせたらいけませんよ」

「わかってるさ」

源之助はいかつい顔を緩ませた。

三

それから源之助は神田司町《つかさちょう》にある常磐津《ときわず》の稽古所へと足を向けた。常磐津と源之助、いかにも不似合いな組み合わせだが、もちろん源之助が常磐津を習ったり、三味線を弾いたりするわけではない。この稽古所を営むお峰《みね》の亭主京次《きょうじ》に用件があるのだ。

京次は歌舞伎の京次の異名を取る岡っ引である。その通称が示すようにかつては歌舞伎役者を目指していた。ところが、性質《たち》の悪い客と喧嘩沙汰を起こし、役者の道を断念した。その喧嘩騒ぎの取り調べに当たったのが源之助だった。

口達者で人当りがよく、肝《きも》も据わっている京次を気に入り源之助は岡っ引修業をさせ、手札《てふだ》を与えた。以来、京次は岡っ引の傍ら、常磐津の師匠の亭主となって食いつないでいる。

「御免」

源之助が格子戸を開けると三味線の音色がぴたりと止んだ。すぐにお峰が出て来た。

「すまんな、稽古中に」

「どう致しまして」

お峰は京次を呼んだ。未だ、稽古の最中とあって家に上がり込むのは憚《はばか》られる。

「ちょっと、団子でも食うか」

その一言で京次は影御用が始まったことを察したようだ。

「ちょいと出かけてくるぜ」

京次はお峰に言いおいてから外に出た。神田の表通りの路地を入った茶店に向かい、京次が茶と御手洗《みたらし》団子を頼んでから源之助に向き直った。

「極楽坊主の妙蓮を知っているな」

「ええ、もちろんです」

京次は興味津々《しんしん》の目となった。

「箱根の関所で捕縛された。新之助と源太郎が身柄を引き取りに向かった」

「それは一安心ですね」

京次は言ったものの、それなら源之助が自分を呼ぶはずはないとの思いがあるのだろう。怪訝な表情となった。

「それが、一方でこんな事件が起きた」

源之助は菖蒲屋松五郎殺しの一部始終を簡潔に語った。

「じゃあ、妙蓮は捕まってはいないってことですか」

「それはわからん。そこのところを探らねばな」

「違いありませんね」

京次もうなずく。

「妙蓮という男、とにかく評判の盗人だ。よって、我らは知っているつもりでいるが、実は何一つ知らないのかもしれんな」

源之助は目の前に運んで来られた御手洗団子を無意識のうちに口に入れた。

「こりゃ、ひょっとして、江戸で妙蓮をお縄ってことになるかもしれませんよ」

京次は目を爛々と輝かせた。

「あくまで探るのは松五郎殺しだということを忘れるな。下手人を妙蓮もしくは妙蓮の手下と決めつけてはならん」

源之助は緒方から松五郎殺しの探索を依頼されたことを言った。

「わかりました。なら、聞き込みをやりますよ」

「ああ、頼む」

「それにしましても、蔵間さまはよくよくゆっくりとできないようですね」

「それは皮肉か」

「そうじゃありませんよ」

「ま、それがおれの業というものかもしれんな」

源之助はつるりと顔を撫でた。

京次はおかしそうにくすりと笑った。


その頃、源太郎と新之助は東海道を順調に旅をしていた。未明に八丁堀を発ち、品川宿を経て六郷の渡しまでやって来たところである。快晴に恵まれて、物見遊山にはまたとない日和《ひより》だ。

渡し船を待っていると空を鳶《とび》が舞っている。日常目にする光景なれど、旅先で見るとなんだか旅情気分を誘われる。

「これが物見遊山であればいいんですけどね」

思わず源太郎はそんな言葉を口に出してしまった。新之助も厳しい顔をすることもなく微笑みを返した。

すると、

「北町の牧村さん、蔵間さん」

と、呼ばわる声がする。

二人は首を伸ばし声のする方に顔を向けると、奉行所の中間《ちゅうげん》がいる。早馬を仕立てて追いかけて来たようだ。そのこと自体がただならぬことを予感させる。

新之助が、

「こっちだ」

と、手を上げた。

中間の顔が綻んだ。二人と会うことができて安堵したようだ。中間は歩みよって来て、

「緒方さまからです」

と、一通の書状を手渡した。

「確かにお渡ししましたので」

中間はそれだけ言うとくるりと背中を向けた。新之助は早速書状を広げ目を通した。横で源太郎も新之助が読み終わるのを待った。

新之助は読み終わると顔を上げ、

「極楽坊主の妙蓮、江戸にも出没したそうだ」

「ええっ」

首を捻る源太郎に新之助は手紙を手渡した。源太郎が読む間に、

「箱根の関で捕縛されたのが真の妙蓮なのかどうか、とっくりと見極めねばならんな」

「父が……」

新之助は言った。

源太郎は源之助が妙蓮が絡んだ菖蒲屋松五郎殺しの探索を行うことに興味を引かれたようだ。

「江戸ではしっかりと蔵間殿が妙蓮の行方を追ってくださることだろう。我らは自分たちの役目を果たすまでだ」

「承知」

源太郎の表情は厳しくなった。

この一報によって多少なりと残っていた旅情気分は雲散《うんさん》霧消《むしょう》した。

「まずは、腹ごしらえでもするか」

新之助は手近な茶店を見つけるとそこへ入り、弁当を広げる。源太郎も弁当を開いた。栗ご飯の握り飯が現れた。

「おおっ、豪勢だな」

新之助にからかわれ、源太郎は赤面しつつ握り飯を頬張る。

「極楽坊主の妙蓮、どんな男なのでしょう」

二人は揃って西の空を見上げた。


その日の夕暮れ、源之助は京次と共に今日の聞き込みの成果をお峰の稽古所で話し合った。

「お鶴の評判ですけど」

京次は菖蒲屋の奉公人やら近所の人間から情報を収集した。

「お鶴の評判は概《おおむ》ね良好でした」

奉公人に対しては威張ることはなく、着物も地味なもの、小間物にも金をかけない。

「亭主の松五郎が着物を買ってやろうとしても、半襟で我慢するようなところがあったそうです」

「紋蔵が言っていたようにお鶴は金目当てで松五郎の女房になったわけじゃないってことか」

「そのようですね」

「で、芸者の頃の評判はどうだった」

「芸者といっても半年くらい務めていただけだそうですよ。両親に死に別れてしばらくは料理屋で女中奉公をしていたそうなんですが、その美貌と踊りや三味線の腕を買われて芸者になることを勧められたようです」

「それで、しばらくして松五郎に見初められたというわけだな」

源之助は顎を掻いた。

「まあ、どこにでもある話といえば話なんですがね。蔵間さまは何か引っかかるものがあるんですか」

「何処に惚れたのだ……。お鶴は松五郎の何処に惚れたんだろうな」

「それについちゃあ、柳橋の置屋の女将に聞いたんですよ。お鶴が言うには自分は早くに父親を亡くしたから、松五郎さんのことが父親のように思えるって」

「松五郎とは確かに親子ほどの歳の差がある。なるほど、父親のような存在か」

源之助はふんふんとうなずいた。

「結構いますぜ、そういう女ってのは」

「おまえが言うのなら間違いあるまいがな。ともかく、お鶴は松五郎に見初められ、お鶴も松五郎のことを父親のように慕い、嫁入りをした。嫁入りに当たっては財産をもらう気はないことを明らかとした。お鶴に亭主殺しの理由はなしか」

「白だと思います」

京次の言葉に源之助はうなずいた。

「となると、次に警戒をしなければならないのは、妙蓮がお鶴を狙うのではないかということだな」

「妙蓮は文で予告したんですものね」

京次の顔にも危ぶみの表情が浮かんだ。

「さて、妙蓮、このままで済ませるとは考えにくい」

「ともかく、お鶴の身の周りを見張ることにしますよ」

「今日は通夜だから、大勢の人間がお鶴の周りにいることだろうから心配はなかろうがな」

源之助は思案するように腕組をした。それからはっとしたように、

「そうだ、菖蒲屋、これからどうするのだ」

「松五郎の親戚が話し合うそうですよ。せっかく松五郎がここまでにしたのですから、このまま店を閉じるのはいかにも勿体ないって話になっていますね」

「いかにも勿体ないな」

「揉めなきゃいいんですがね」

京次は言った。

四

その翌三日、源之助と京次は神田雉子町の稲荷にいる。

そこに亡骸が横たわっていた。亡骸は紋蔵である。紋蔵もまた咽喉をかき切られていた。そして、紋蔵の亡骸の胸にも書付が差し込まれており、そこには、

「おまえは知り過ぎた。あの世へ行け、極楽、極楽、妙蓮まいる」

と、記してあった。

「ふざけやがって」

京次は唇を噛んだ。

源之助は無言で見下ろしている。通報してきたのは、今朝ここを通りかかった棒手《ぼて》振《ふ》りの納豆売りである。

亡骸に莚を被せたところでお鶴がやって来た。

「紋蔵、昨晩、通夜に来たんだな」

源之助が訊く。

「はい」

お鶴の目元は恐怖に引き攣っている。

「その時の様子を聞かせてくれ」

お鶴はうなずくと、

「うちの人のお通夜にいらっしゃいました。わたしは最初誰だかわからなくて、うちの人の知り合いなのかと思ったのですが、身形とか醸し出すものから、堅気じゃないような気がしたのです。それで……。ひょっとして、この人がうちの人を脅していた紋蔵さんじゃないかって」

お鶴の物言いはたどたどしいものだったが、話の筋は呑み込めた。

「どのように接した」

「いい気分はしませんでしたが、お通夜の席ですからね。一人でも多くの方にうちの人を送っていただきたいですから、特別騒ぎ立てたりはしませんでした」

ここで京次が訊いた。

「通夜の途中、帰って行く紋蔵を追いかけたそうだね」

それは京次の聞き込みで明らかになったことである。

「どうしても気になったのです。うちの人のことが」

お鶴は若かりし頃の松五郎を知っている紋蔵に、たとえ恐喝者としても親しみを覚え、松五郎のことを聞きたくて、この稲荷で会ったのだという。

「うちの人、若い頃はずいぶんとやんちゃをしていたみたいで」

お鶴は懐かしげに目をしばたたいた。

「その時、紋蔵の様子で変わったことはなかったのかい」

京次が訊く。

「特別にはありませんでした。紋蔵さんは言ってました。自分は松五郎を脅していないって、そのことは信じてくれって、そう何度もおっしゃいました」

お鶴の目には涙が浮かんだ。

「わかった。悪かったな」

京次は慰めるように言う。

「これから、どうするのだ」

源之助が訊く。

「まだ何も考えられません。どうしようかと思っていますが……。なんとかなるでしょう」

お鶴は笑顔を作った。

「芸者に戻るか」

「それもいいかもしれませんが、どうも気乗りがしません。あたし、酔っ払いが苦手なんです」

「三味線ができるんだろう。だったら、常磐津の稽古所でも開いたらどうだ」

京次が言う。

源之助が、

「こいつの女房は常磐津の稽古所をやっているんだ」

「まあ、そうですの。それもいいかもしれませんね。でも、わたしが人さまを教えることなんかできるんでしょうか」

お鶴の目が不安げに揺れる。

「できるさ。うちのだってやってるんだから」

京次が励ました。

「よかったら、京次の稽古所に来てみたらいい。神田司町だから、菖蒲屋からは近い」

源之助は京次を見た。

「そうだ、遠慮しないで、来たらいい」

「御親切にありがとうございます。落ち着きましたら、是非、お伺いしたいと思います」

お鶴は頭を下げ店へと戻って行った。

「案外、しっかりしていましたね」

「内心では悲しみに暮れているのだろうがな」

源之助はお鶴の背中が見えなくなるまで見送った。

「やっぱり、妙蓮の仕業ですかね」

京次は改めて紋蔵の亡骸に視線を落とした。

「これで疑いは濃くなった。ただ、解《げ》せないのはこのところ妙蓮は盗みを働いていないということだ」

「それは、仕返しに集中していたってことじゃないんですか」

「松五郎へ仕返しをするというのはわかる。だが、紋蔵まで殺すというのはどうもな」

「そういやあそうですね。紋蔵は妙蓮を売ったわけじゃないんですからね」

「そこだ。紋蔵を殺して得られるものはない。いや、そうは決めつけられないか……。ともかく、妙蓮にとって、紋蔵を殺さねばならない理由があったのかもしれん」

源之助はじっと思案をした。

「これから動きだすんじゃないですかね、妙蓮の奴」

源之助もそう思った。

「聞き込みをやりますぜ」

京次は気持ちを新たに聞き込みへと向かった。

その日は結局なんの成果も得られないまま一日が終わった。無駄足とは思わないが、成果が得られないということはやはり疲労が濃くなるものだ。

疲れた足を引きずって八丁堀の自宅へと戻った。格子戸を開けると賑やかな声がする。久恵と美津が話をしているが、その中に男の声も混じっていた。美津の兄矢作《やはぎ》兵庫助《ひょうごのすけ》である。

　久恵に大刀を預け居間に入る。

「舅《しゅうと》殿、お疲れさまです」

　矢作は快活に挨拶をしてきた。

「相かわらず元気だな」

「それだけが取り柄」

　矢作はつるりと顔を撫でた。

「ところで、源太郎、箱根の関所に向かったとか」

「極楽坊主の妙蓮の身柄を引き取りにまいった」

「それは大役だ」

　矢作は感心したように何度も首肯する。

「ところで、妙蓮の動きについて何か耳にしていないか」

　源之助が訊いたところで、久恵と美津は夕餉の支度をしますと居間から出て行った。

　矢作は怪訝な顔をして、

「箱根の関所で捕縛されたのではないのか」

「そう聞いた。だがな、大いに気になることがあるのだ」

源之助は松五郎殺しと紋蔵殺しについて説明した。

「すると、箱根の関で捕縛された妙蓮というのは贋物《にせもの》か」

「いや、そうは決めつけられない。江戸で殺しを行っている妙蓮の方が贋物なのかもしれん」

「妙蓮の手下が妙蓮に成り代わって復讐を行っているということか」

「その可能性はある」

「舅殿も疑問に思っておられるが、妙蓮が松五郎を殺すのはわかるものの、紋蔵までも殺す理由がわからん」

「まさしく」

「何か深い理由があるのだろうがな……」

矢作は思案を続けたがふと、

「源太郎の奴、功を焦らなければいいんだが」

「心配か」

「あいつは生まじめ過ぎるから、必要以上に力《りき》んでしまうのではないか」

矢作はしきりと危ぶみ始めている。

「なに大丈夫だ。新之助も一緒だしな」

「牧村か。あいつもまじめだからな。生まじめな二人組か」

矢作が言うと源之助はくすりと笑った。

そこへ、

「なんだか楽しそうですね」

と、美津が入って来た。かぐわしい香りがする。夕餉の膳には、

「おお、松茸か」

矢作が喜びの声を上げた。

「豪勢だな」

源之助は久恵に言った。

「杵屋さんから届けられたのです。なんでも、先日ご依頼したことへのお礼だとかおっしゃっていましたよ」

久恵が答えるとすかさず矢作が、

「なんだ、袖の下か」

と、からかいの言葉を投げかける。

「嫌なら、食べるな」

源之助は言った。

「遠慮なく頂く」

矢作は松茸ごはんを手に取った。源之助も箸を付ける。松茸の香ばしい香りをかぐとなんとも言えぬ幸せな気分に身を包まれた。

「美津も遠慮するな」

源之助が言った。美津は箸をつけていない。

「でも、なんだか悪くて」

源太郎へ遠慮している美津が可愛かった。

五

源太郎と新之助は順調な旅をした。

品川宿を出、神奈川宿、川崎宿、保土ヶ谷《ほどがや》宿と旅をし、戸塚《とつか》宿に宿泊した。二日の早暁、江戸を出、翌三日の朝は、厳冬をものともせず白々《しらじら》明けのうちに旅立ち藤沢《ふじさわ》宿、平塚《ひらつか》宿、大磯《おおいそ》宿と進んで小田原《おだわら》宿まで至った。新之助は小田原で宿を取ろうとしたが、源太郎は、

「今日のうちに箱根にまいりましょう」

　と、主張したものの、今は冬、雪の箱根山を行くことは危険だ。はやる源太郎を新之助が諫《いさ》め源太郎もそれを受け入れた。

　翌四日の白々明けのうちに小田原宿を発ち箱根宿に向かった。幸い晴天に恵まれ順調な行程を辿ることができた。

　二人は地味な小袖に羽織、動きやすいように裁着《たっつ》け袴を穿き、道中嚢を背負っている。片道二泊三日の旅程のため荷物は多くない。

　箱根に近づくにつれ口数が少なくなった。極楽坊主の妙蓮引き取りという重要な役目に加えて、その妙蓮が本物なのかどうかの見極めという思いもかけない仕事が加わったことが、二人の緊張を嫌が上にも高めている。

　途中の景色を見物するくらいのことはしたが、酒好きの二人が旅籠で酒を口にすることはなかった。

　箱根に着いたのは昼四つ（午前十時）を回っていた頃合だ。本陣六軒、脇本陣一軒、旅籠三十六軒、他に数多《あまた》の茶屋が軒を連ねる東海道の要衝である。この地に関所が設けられたのは元和《げんな》五年（一六一九）、以来入り鉄砲に出女《でおんな》に目を光らせる幕府における大名統制の象徴である。

箱根の関所に至るまでの山々は雪が降り積もり、山間を伸びる街道は落ち葉と泥でぬかるんでいた。

寒風に身を切られるような旅だった。箱根の山を下り関所が近くなると連綿と連なる杉並木の木陰に風を避ける旅人が見られる。二人は杉並木を過ぎ、抜けるような冬空の下、眩いばかりの輝きに彩られた芦ノ湖《あしのこ》に見入った。周囲の山が湖面に揺れ、風が吹き上げてくる。山道を急いだとあって真冬にもかかわらず汗ばんでいた。菅笠を脱ぎ手拭で首筋を拭う。

目指す関所は目と鼻の先だ。一休みしている二人の横を多勢の旅人が通り抜けて行く。

人心地ついたところで源太郎と新之助も旅人と一緒に江戸口門と呼ばれる門から関所の中に入った。土に雪が混じりぬかるんでいる。足を取られないよう腰を屈めながら二人は周囲を見回した。左手に足軽番所、右手に面番所があった。

面番所では旅人の手形や荷が検《あらた》められている。箱根の関所を管理する役人は小田原藩大久保家から派遣され、地元の庄屋に下働きを任せていた。

面番所を管理する横目付大川貞九郎《おおかわさだくろう》殿を尋ねよというのが緒方から受けた指示だ。大川を待つ間、やることもなく周囲を見回す。足軽番所の端に獄屋がある。関所破りをした者を取り調べるために拘留しておく所だ。細長い板敷きの内は、ここからでは様子を窺うことはできないが、妙蓮はそこに繋がれているのだろう。

そう思うと二人の胸に緊張が立ち上る。

馬の飼葉《かいば》の匂いが寒風に運ばれてきた。風上に厩《うまや》がある。程なくして、羽織、袴の中年男がやって来た。

「横目付大川貞九郎でござる」

大川は中肉、中背、のっぺりとした顔をしている。譜代名門小田原藩の藩士とあって身形に寸分の隙もなく、生まじめを絵に描いたような男だ。

新之助は名乗り次いで源太郎も挨拶をした。

「遠路、ご苦労でござる」

大川は温和な表情を浮かべると、「さ、こちらへ」と二人を伴い、敷地を奥に進んだ。面番所を通り過ぎ、上番休息所の中に入った。土間を隔てて小上がりになった板敷きが広がっている。

「ここは勝手板の間と申しましてな、我ら役人が食事や休息を致す所でござる。まずは火に当たられよ」

真ん中に囲炉裏が切ってあり、大川の気遣いなのだろう火を盛んにしてある。凍えた身体には何よりの馳走だ。

大川が囲炉裏端に座った。源太郎はそれよりも早く妙蓮を調べたいと思ったが、新之助が目で制した。ここは、大川の機嫌を損じてはならないとの判断だろう。

「箱根は初めてでござる、なかなかに風光明媚な所でございますな」

新之助は世間話でもするかの調子で菅笠と道中嚢を脇に置いた。相手が小田原藩士ということで、言葉遣いに気をつけている。源太郎もそれに倣《なら》った。

「この休息所を使ってくだされ。足軽どもが身の周りの世話を致します」

囲炉裏に腰を落ち着け、かじかんだ手を火に向けてみると生気が蘇ってきた。温まったところで源太郎はふと好奇心を募らせた。

「日々、入り鉄砲に出女を厳しく取り締まっておられるのですか」

大川は足を崩し二人にも楽にするよう勧め、

「今は泰平な世、入り鉄砲、出女などはまずもっておりません」

「そうなのですか」

源太郎はいささか拍子抜けした。

「今の世に限らず、元和《げんな》五年（一六一九）、箱根の関所が開設されて二百年余りを経ますが、そのような大事、起こったためしはございませんでした」

　といささか失望したのは源太郎ばかりではない。横目に映る新之助の顔からも期待外れが見て取れる。

「それでも、関所破りはおると存じますが」

　源太郎が訊いた。

「いかにも」

　大川は、「茶を飲まれよ」と勧めてから、

「関所を通らず、山中を抜ける者は後を絶ちませぬ。通行手形を得られぬ者、うっかりなくした者、様々ですな」

「それらの者を捕らえ足軽番所にある獄屋に拘置し、吟味の上、処分を下すのでございますな」

「左様」

　大川は茶をごくりと飲み干した。それからおもむろに、

「だが、その関所破りにしてからが、二百年このかた、数件が摘発されただけのことでござる」

　そののんびりとした物言いはまさに茶飲み話といった趣《おもむき》である。

「そ、そうなのですか」

これは、拍子抜けというよりは驚きであった。天下の関所、箱根ならではの厳しさが関所破りをさせないということか。

大川はにんまりとしてから、

「これには裏がござる」

「まさか、裏手形でもあるのですか」

「裏手形、これはよい」

大川は源太郎の言葉がよほど面白かったのだろう、肩を揺すって笑った。

「裏手形というか、稀《まれ》にでござるが偽手形というものがござる。それを見破るのが我らの役目でござる」

「で、関所破りがほとんどないということはどういうことなのですか」

「温情でござる」

「関所破りの者に情けをかけるのですか」

「そうでござる」

大川は至極当然のごとき顔をしているが、源太郎も新之助も理解不能の言葉である。

源太郎に代わって新之助が尋ねた。

「それでは関所の意味がないと存ずるが……」

新之助は質問を発してから源太郎を見た。源太郎もうなずく。

「関所を通らぬ者どもは箱根の山中を彷徨《さまよ》う。途中、我らが見つける。我らは小田原藩領の外へ追放という処置をしてやるのでござる。つまり、あくまで道に迷ったという扱いにしてやる、これを称して藪入りというのでござる」

大川の言い方はどこか楽しげだ。

「藪入りですか」

源太郎が問い返す。

「そう、藪入りでござる」

お上《かみ》に情けありということか。それとも、泰平の世が生んだ弛緩ということだろうか。よく言えば、情けをかけてやるということだが、悪く言えば小田原藩としてはなるべく厄介事に関わりたくはないということなのだろう。

幕府大名統制の要《かなめ》、天下の険箱根の関所と妄想に似た印象を抱き続けていたのだ。現地に来てみてその実情を知り、源太郎はいささかがっかりさせられた。

新之助も同様のようで大川が出て行くと二人してため息を吐き、

「極楽坊主の妙蓮、やはり、贋物かもしれませんね」

源太郎は独り事のように呟いた。

第三章　吹雪の護送

一

源太郎と新之助は大川が用意してくれた昼餉を食した。朝餉を抜いて小田原宿を出て来たため二人は旺盛な食欲を示した。塩をまぶした握り飯と沢庵、豆腐の味噌汁という簡単な食事ながら、拳骨ほどの握り飯を三つずつ二人は胃の腑に収めた。

食欲が満たされ身体が火に温まると眠気が襲ってきた。勝手板の間を仕切ってある戸を開けると畳敷きになっている。役人たちの寝所で上番休息所と呼ばれていた。

源太郎はそこに身を横たえたい誘惑に駆られそうになるのをぴしゃりと追い払う。すると、新之助が大きく伸びをして囲炉裏端にごろんと横になった。源太郎も釣られるようにして身を横たえた。

旅の疲れが波のように押し寄せてくる。心地良いまどろみに身を任せた。

が、その眠りを破るようにして足音が近づいて来た。あわてて二人同時に上半身を起こす。

「失礼、申し上げます」

ぬぼっとした中年男が入って来た。

手に風呂敷包みを持っている。地味な灰色の単衣《ひとえ》に草色の袴を身に着け、腰に脇差は差しているが、袴は奉公人が穿く裾を絞った踏込袴である。侍ではないようだ。

「わたしは箱根関所の定番人を務めます井村四郎兵衛《いむらしろべえ》でございます」

定番人は関所役人の下で通行検めの実務を行う箱根宿地元の者たちだ。小田原藩から派遣された役人は一月交代であるため、実務は定番人たちが担っている。

源太郎と新之助も挨拶をした。

「大川さまから、お二人に箱根の関所の手形検めについて教えて差し上げろと言われましたので、手形を持ってまいりました。お二人は箱根にお越しになられたこと初めてだそうで」

井村はいかにも親切そうだ。

「かたじけない」

新之助が軽く頭を下げると源太郎もぺこりと首肯した。

「温泉などを覗かれてはいかがですか」

井村ののんびりした物言いに、

「そんな、のんびりもしておれません」

源太郎はつい反発口調で返した。

「それもそうですな」

井村は手提げの風呂敷を広げた。証文が何通か現れた。

「これが、道中手形でござる」

源太郎とて道中手形は見知っている。

旅人は住まいする町や村の役所、つまり江戸ならば南北町奉行所、または菩提寺から発行された。手形にはその者の身元、どこへ行くのか、関所を通過することの許可要請、発行者の身分素性が記されている。

「贋物かどうかは、朱印の有る、無し、それから字の不具合、書き漏れなどがないかを見て判断致します」

特別驚くようなことではなく、ごくごく当たり前のことだと源太郎は思ったが、井村が親切に教えてくれる以上それは口には出せない。

「なるほど」

　いかにも感心したように応じた。

「女は別に調べます。何せ、女には男にはない隠し場所を持っておりますからな」

　井村は下卑た笑いを漏らした。釣られたように新之助も笑みをこぼす。源太郎は気恥ずかしさからいかめしい顔を取り繕った。井村は真顔に戻り、

「旅人の中には手形を持参しないで関所にやって来る者もおります。お伊勢さんや善光寺さんへの抜け参りですな。そうした者たちは概ね通してやるのが慣例です。日光道中では日光参拝がそのような扱いをするとか」

「なるほど、抜け参りですか」

　お伊勢参りに行く者へは沿道の村から施しがなされた。関所も手形なしで通れるということだ。

　抜け参り、藪入り、関所には抜け道が色々とありそうだ。今のところ天下泰平が続いている。正規の手続きを経ないで関所を通行した者が大乱を起こしたということはない。だからといって、このままでよいのか。そんな源太郎の疑念など井村にはどこ吹く風だ。

「それで、極楽坊主の妙蓮ですが」

ここで新之助が本題に入った。

井村がここではたと膝を打ち、

「そうでしたな」

そうでしたな、ではない。それが一番肝心なのではないかという不満が源太郎の脳裏を過《よぎ》る。

「いかにも怪しげな坊主がやって来ました。まず差し出された手形に不備がござった。自らを僧侶と名乗っておりましたが、その寺院の名には印がなく、発行元である寺社奉行さまの印もございません。それで、面番所にて尋問を致したところいかにもあやふやな答え。行く先を尋ねると京の都だと言う。何をしに行くのだとの問いかけには修業だと答えました。いい歳《とし》をして今更修業かと尋ねると、物見遊山だと答え直す。いかにもうろんな奴と思っていると極楽坊主の妙蓮という盗人の手配書がござったのを思い出し、それで人相書きを確かめたのです」

井村の物言いは天下の大泥棒を捕えたというような緊張感のない間延びしたものだった。妙蓮も妙蓮で、江戸市中を騒がした大泥棒とはとても思えない無能ぶりである。箱根の関所に捕縛されているのが贋物ではないかという疑いが鎌首をもたげてきた。

「妙蓮捕縛とは御手柄でございましたな」

それでも源太郎はそう言った。我ながら追従《ついしょう》を言っているような気分になった。

ところが井村は意外そうに頭《かぶり》を振り、

「いや、それが、その坊主、妙蓮ではございませんでした。手配書に添付《てんぷ》されておりました人相書きとは似ても似つかぬ男、それで、とくと調べたところ、坊主の振りをして関所を抜けようとしたに過ぎぬことがわかったのです。さすがに通すわけにはいかず、かといって害になるような男でもなさそうでしたので、関所から追い返した次第」

源太郎と新之助は言葉に詰まった。では、妙蓮は捕縛されていないのか。

新之助が尋ねた。

「では、妙蓮は獄には繋がれていないのですか」

「いいえ、捕縛しました。妙蓮は関所破りをしようと箱根の山中を彷徨ったところ、吹雪に遭い、立ち往生していたのを見つけられたのです」

そうだったら、早く言ってくれればいいものを。関係のない話などしなくともよいではないか。源太郎は不満が爆発しそうになった。

新之助も苛立ちを抑えるようにして空咳を一つ吐くと、

「では、妙蓮の所へ案内してください」

「承知しました」

井村はのんびりとした様子で腰を上げた。源太郎も気を取り直すように立ち上がる。

二人は井村の案内で足軽番所の横に設けられた獄屋へとやって来た。

縦長の板敷に男が一人いた。

男は後ろ手に縛られ、縄は天井の梁《はり》に結ばれてある。

墨染の衣は旅の垢《あか》にまみれ、いがぐり頭には五分ほど髪の毛が伸びていた。伸びているのは髪ばかりではなく、口の周りから頬、さらには顎の髭も伸び放題に伸びている。

新之助と源太郎が格子に立つと妙蓮はこちらに向いた。

げじげじ眉毛の下には獣のような目があった。とても世俗を脱し、御仏に仕える者の目ではない。妙蓮は坊主というよりは盗人に成り果ててしまったのだろう。

「極楽坊主の妙蓮だな」

新之助が問いかけた。

「そうだ」

妙蓮は低いくぐもった声で返事をした。新之助も源太郎もこれが果たして本物の妙蓮なのか見極めるようにと視線を凝らした。

「何、じろじろと見ているんだ」

妙蓮の物言いは最早やくざ者である。

「おまえ、まこと、妙蓮だろうな」

源太郎が訊く。

「おれが妙蓮じゃないって言うのかい」

妙蓮はおかしそうに歯を剝き出しにした。

「ふざけるな」

源太郎が怒鳴りつけると新之助がまあまあと宥める。

「八丁堀の旦那方のようだな。おれの身を引き取りに来たのか。ご苦労なこったな」

「おまえ、妙蓮で間違いないんだろうな」

源太郎が問《とい》を重ねる。

「おれが妙蓮じゃなかったらどうなんだ……。ああ、そうだ、おれは妙蓮じゃない。妙蓮じゃないから、解き放て、さあ、今すぐ解き放て」

妙蓮は騒ぎだした。

源太郎は自分の問いかけが藪蛇となってしまったことを悔いた。面番所に並び、手形検めを待つ旅人たちがこちらを見ている。

「さあ、解き放て。おれは妙蓮じゃない。濡れ衣だ」

妙蓮は楽しんでいるかのようだ。

新之助は人相書きと見比べた。間違いなく妙蓮である。

「騒ぐな」

新之助は静かに告げる。

妙蓮である以上、確実に護送しなければならない。

二

その四日の朝、源之助は久恵と朝餉を食していた。あれから、京次と共に聞き込みを続けているがさっぱり成果は上がらなかった。そのことが胸に大きくわだかまっている。久恵は御用には一切口出しをしないが、源之助の表情を見れば、御用がうまくいっていないことを察しているようだ。

そのせいだろうか。源之助の気を紛らわそうと思ったのか、

「源太郎、もう、箱根に着いたでしょうか」

「そうだな」

　生返事をしてから久恵の気遣いを思い、

「江戸を発ったのが二日、今日は四日、順調に行けば着いた頃か、いや、今は冬、箱根の山は難所ゆえ、着くのは今日の昼頃だろうか」

「物見遊山に行くのではないのですものね」

　久恵の言葉に温泉の話を思い出した。誘っておきながら影御用が入ったため、具体的にいつ行くということが言えなくなってしまった。

「まあ、そうだな。役目である以上それは仕方のないことだ」

　源之助は誤魔化すようにまじめな口調で返した。久恵は気まずいものを感じたのかそれ以上話をしなかった。


　奉行所に出仕し、ひとまず緒方に事件探索のことを報告した。

「未だ手がかりすらつかめませぬ」

「差配違いの御役目をお頼みしたのですから、却《かえ》って恐縮です」

　緒方も遠慮気味だ。

「ところで、極楽坊主の妙蓮の動き、いかがでございましょう」

「火盗改《かとうあらため》へも問い合わせておるのですが、今のところ、なりを潜めております」

「やはり、箱根の関所で捕縛されたのは本物の妙蓮だということでしょうか」

「どうもそんな気がしてまいります」

緒方は慎重な言い回しながら肯定した。

「手下どもが妙蓮の復讐を行っておるということでしょうか。だとすると、不気味な連中です」

源之助は心底そんな思いに駆られた。

「これから、いかにしますか。新之助と源太郎が妙蓮を連れ帰るまで、動きはないと静観しますか」

緒方の提案になんとなく賛成してしまいそうになるが、反面それでは自分の存在理由がないような気にもなった。なんのために影御用を引き受けたのだという使命感に身を焦がされる。

「ともかく、わたしなりに聞き込みを続けます」

「お手数をおかけします」

緒方に頭を下げられるのが申し訳ない。

源之助はともかく聞き込みを行おうと奉行所を出た。

京次と待ち合わせ菖蒲屋の周辺を聞き込みに回ったが成果は得られない。松五郎が殺された晩も紋蔵が殺された晩も妙蓮らしき男はおろか、手下らしき者たちの痕跡は残されていなかった。

「こんな事件も珍しいですね」

京次も困り果てた様子だ。

「なんだか狐に摘まれたような気分だな」

「まったくですよ」

京次は路傍の石ころを蹴とばした。転がる石が探索の行き詰まりを示すように他の石とぶつかって止まった。

念のため、菖蒲屋を訪ねた。

菖蒲屋は営業を再開していた。店先には松五郎殺しがかえって評判を呼び、なかなかの繁盛ぶりを示していた。

「困ったもんですね、野次馬ってのは」

京次が言った。

「まあ、そうだがな」

源之助は暖簾の隙間から店の中を覗いた。帳場机には見知らぬ男が座っている。お鶴の姿を探し求めたがいない。京次が小僧にお鶴がいるかどうかを尋ねた。お鶴は昨日、店を出て行ったという。何処へ行ったかはわからないということだった。今、店を切り盛りしているのは松五郎の親戚の叔父だった。

「すまねえな」

京次は小僧の頭を撫でた。

「お鶴、五十両をもらって出て行ったようですね。やはり、松五郎とは金目的で一緒になったわけじゃなかったってことですね」

「そのようだな」

源之助は何故か安堵した。

「ちょっと、家に寄りますか」

京次の誘いで、

「そうだな。少々くたびれた」

源之助は大きく伸びをした。

京次の家に近づくと三味線の音色が聞こえてくる。

「お峰の三味線はいつ聞いても心が和《なご》むな」

源之助が言うと、

「いや、あれはお峰じゃござんせんね」

京次は言った。

「ほう、弟子で達者な者がいるのか」

源之助が答えたところで京次が格子戸を開けた。

「お帰り」

お峰が微笑みかけてきた。

奥を見るとお鶴が三味線を弾いていた。お鶴は源之助と京次に気付くと三味線を弾く手を止めた。

「お邪魔しております」

「昨日、店を出たんだってな」

京次の問いかけに、

「今では店の近くの長屋に住まいしております」

お鶴はこくりと頭を下げた。

「見事なもんだよ」

お峰はお鶴の三味線の腕を誉め上げた。

「ああ、聞いたぜ」

京次も言うとお鶴は謙遜するように目を伏せた。

「こりゃ稽古所を開けば、繁盛するだろうぜ」

「この近くじゃよしとくれよ。うちのお弟子さんたちがみんなそっちへ行っちゃうんだから」

お峰は満更《まんざら》冗談でもなさそうだ。

「お峰さん、美人だから、わたしなんかに乗り換えることなんかありませんよ」

お鶴の言葉にお峰は、

「馬鹿、お言いでないよ」

などと頭《かぶり》を振ったが、内心ではそう思っているのだろうことはその誇らしげな笑顔から明らかだ。

「まあ、ともかく、新しい人生を踏み出したということだな」

源之助が言った。

「はい。うちの人、いえ、松五郎さんのことを忘れはしませんが、わたしはこれから一人で暮らしていかねばなりません」

お鶴は強い決意を示した。源之助と京次がうなずいたところで、

「ところで……」

お鶴は源之助に向き直った。聞かなくても松五郎殺しの探索が気にかかるのだろう。それがわかるだけに源之助は辛くなった。が、辛いのは源之助ではなくお鶴の方だとすぐに思い直す。

「今のところ、手がかりも摑めておらん」

源之助は言った。

「必ず、お縄にするよ」

京次が言い添えたが、それは慰みにもならないことは明らかだ。

「あの、下手人はやはり妙蓮なのでしょうか」

お鶴はおずおずと訊いてくる。

「それも決めつけられないのだ。なにせ、目撃者が一向に現れないのでな」

「そうですか……」

お鶴はがっくりとうなだれた。が、それも束の間のことでじきに思い直したように、

「なんだか、うちの人を殺した下手人が捕縛されないと、新しく人生を歩み出せないような気がしてしまうのです。あっ、すみません。別に蔵間さまを責めているわけで

はございません」

「わかっておる、いや、責められるのは当然だと思う」

源之助は唇を嚙んだ。

お峰が深刻な話となり眉間の皺を寄せた。

「すみません、なんだかしめっぽくなってしまいましたね」

お鶴は笑顔を見せた。

「いや、それはいいんだが、まこと、下手人を挙げなきゃな」

京次も応じるようにして両目を大きく見開いた。

三

さて、箱根の源太郎と新之助はというと、ともかく妙蓮を引き取ることにした。その旨、面番所に行き、横目付の大川に申し出た。

「では、当方にて人数を出します」

「かたじけのうござります」

新之助が礼を述べたところで大川は不穏な顔つきになった。

「いかがされましたか」

新之助の問いかけに大川は更に不安を募らせ言った。

「実は、今朝、妙な投げ文があったのでござる」

と、言ってその投げ文の内容を話した。妙蓮を奪い返すというのだ。

「寄こしたのは、極楽坊主一味ですか」

源太郎が堪《たま》らず聞きかえす。

「他に考えようがございませんな」

至極当然のように大川は答えた。

「おのれ」

源太郎は怒りを露《あら》わにしたが、新之助は落ち着いたものである。

「堂々と奪還を予告してくるとは、一味よほどの自信があるのでしょうか。それとも、はったりでしょうか」

「はったりですめばいいのだが、当方と致しましても知らん顔はできませぬので、それなりの人数をつけ、わしの他、井村に道案内をさせます。箱根はなんといっても難所、ましてやこの雪の中での護送となりますと、油断なりませんからな」

大川の言うことはもっともである。

「かたじけない」

新之助が素直に礼を言い、源太郎も頭を下げた。

「では、護送の準備を致しますので、しばし待たれよ。そうじゃ、囮《おとり》の駕籠を仕立てましょう」

大川は頬を緩めた。いかにも名案だと言いたいようだ。

「それはよろしゅうございますな。極楽一味を囮駕籠に引き付ける」

新之助も一も二もなく賛成した。源太郎も異存はない。それどころか、そこまで加勢をしてくれる大川に感謝の念を抱いた。箱根の関所を預かる小田原藩は譜代名門、現藩主大久保加賀守忠真《おおくぼかがのかみただざね》は大坂城代という幕府の重職を担っている。いずれ老中となるだろう。

そんなことから、藩士にも天下を乱す悪党への心構えはできているに違いない。

源太郎と新之助は休息所にて待つことにした。待っている間、風が強くなってきた。合わせてみぞれ交じりの雨が降ってくる。

「これは、辛そうだな」

新之助は窓から外を見やった。源太郎とても囲炉裏から離れがたい気持ちに包まれている。

「囮駕籠はおれが付く。おまえは妙蓮の駕籠に従うのだ」

新之助は言ってから、おそらくは囮駕籠に一味の襲撃はある、それゆえ自分が付くと説明を加えた。

「いや、それはわたしが担います」

源太郎はそれでは納得できない。

「いや、ならん」

新之助としては、危険が伴いそうな方を源太郎に任せることは先輩同心として意地でもできないのだろう。それはわかるが源太郎にしてみても、いつまでも見習い扱いされたくないという意地と新婚という事情を慮《おもんぱか》られることへの抵抗が湧き上がる。

そんな思いが顔に出たのだろう。

「おい、功を焦るな。おまえの気持ちは十分にわかる。何より大切なのは、妙蓮を無事に江戸へ連れ帰ることだ」

新之助に諭され納得できなかったものの、我《が》を通すわけにもいかず折れることにした。

二人は熱い茶を飲み、きたるべき役目に備える。その間にも風が強くなっていった。

昼九つ（午後零時）出立の準備が整った。

みな、雪や風に備え、笠を被り蓑《みの》に身を包んでいる。足にはかんじきを履いていた。

源太郎も新之助も関所が用意してくれた笠に蓑、かんじきで身を覆っている。

新之助が付き添う囮駕籠が先に出発した。囮の駕籠は罪人を護送する際に使われる竹で編んだとうまる駕籠である。中は妙蓮の身代わりに仕立てられた箱根宿の猟師が乗り込んだ。とうまる駕籠には当然のことながら布が被され、中は見えないようにしてある。

この駕籠に付き従う者たちにも関所役人に加えて猟師が混じっている。雪の箱根山を行くには猟師が必要ということだろう。みな、鉄砲の腕は元より腕っ節自慢の者たちばかりとは大川の説明である。

猟師たちが鉄砲を持っているのに対し、役人たちは、突棒《つくぼう》、刺股《さすまた》といった捕物道具を携えていた。新之助が先頭に立ち、宿場役人が前後を固めた。

猟師たちは一行を先導する。

一行はみぞれに降られる中、粛々と進んだ。

源太郎は四半時ほど間を置いて、妙蓮を駕籠に乗せた。こちらはごく普通の山駕籠である。

一行は駕籠かきと源太郎、それに井村だけである。井村が先頭に立ち源太郎は後ろに付き添う。

「こりゃ、吹雪になりますよ」

井村が恨めしそうに空を見上げた。

「急ぎましょう」

源太郎は駕籠かきを促した。駕籠は出発した。雪混じりの冷たい雨が容赦なく降り込める。それが見る見る雪に変わった。

程なくして、箱根宿全体が真っ白に化粧を施された。

一行は黙々と進む。源太郎たちの吐く息が白く流れてゆく。三町ほどまっすぐに進むと右手に山道が現れた。

と、この時、雪に遮断され源太郎は気付くことはなかったが、付かず離れず、距離を保ちながら、後をつけている者たちがいた。

いかにも不逞の輩といった連中だ。見るからに浪人者、やくざ者たちといった連中が十人ばかりいる。蓑に笠、かんじきといった雪に備えての装備を施しているのは源太郎たちと同様だ。

源太郎たちは山間の街道を行く。雪とあって、旅人の姿を見かけない。

「八丁堀の旦那よ、この雪の中大丈夫かい」

駕籠の中から妙蓮が不安とからかいの入り混じった声をかけてきた。源太郎は駕籠の横を歩き、

「心配致すな、おまえの無事は意地でも守る」

「そいつはありがてえや」

妙蓮はからかい半分に笑うと、念仏を唱え始めた。それがなんとも耳障りとなったが、一々注意するのも鬱陶しいと語るに任せた。

山道には雪が降り積もり、雪を踏みしめる独特の音に、念仏が重なり不思議な気分だ。やがて、妙蓮はお経を上げるのに飽きたのか、

「あんた、ずいぶん若いね。女房、子供はいるのかい」

調子よく声をかけてきた。

「おまえには関係ない」

源太郎は無愛想に返す。

「旅は道づれ、袖触れ合うのも何かの縁だ。こっから江戸まで付き合うんだ。それくらい教えてくれてもいいだろうよ」

妙蓮は源太郎を呑んでかかっている。

「その軽口、あと三日も続かんぞ」

「おっと、それは江戸までおれを送ってから言ってくれ」

「手下が奪い返しに来ると信じておるのか」

「この駕籠、江戸どころか小田原までも行き着くかどうかだな。おれは手下どもの手で自由の身となるんだ」

妙蓮はここでその名の由来である、「極楽、極楽」を唱え始めた。

「うるさいぞ」

相手になるなと自分を諫めても腹立ちをどうすることもできない。

「こんな人数で大丈夫か。おれの手下が襲って来たら、ひとたまりもねえや。さて、防げるかな」

「大丈夫に決まっておろう」

「あんた、剣術はどうなんだ」

「おまえの手下ごとき、打ち払うことができるくらいの腕はある」

「そいつは、大したもんだぜ」

「だから、安心しておれ」

「安心ね」

妙蓮が嘲笑を浮かべているのが垂れ越しにも想像できた。

「黙っていろ。そうだ、寝てるんだな」

「ああ、そうするよ」

妙蓮は言うや大いびきをかき始めた。

「盗人猛々しいとはこんな奴を言うのだな」

源太郎の胸は嫌悪感で塞がれた。

四

一方、新之助は吹雪の中、山間の狭隘《きょうあい》な道をゆるゆると進んでいた。雪に降り込められ前方を向くことも億劫である。

「この道はどの辺りでござろう」

関所役人の一人に笠を心持ち上げながら前方を指差す。笠に降り積もった雪がはらはらと舞い落ちた。

「まだまだですよ。あと、一里はこんな道が続きます」

役人に代わって猟師が答える。新之助はため息が漏れそうになるのをぐっと呑み込み、空を見上げる。

鈍色《にびいろ》の空からは絶え間なく雪が降り注いでいる。いつ止むのか。永久に止まないのではとさえ思えてくる。山の稜線もぼやけていた。

「よし、行くぞ」

みなに気合いを入れ隊列を進めようとした時、雪を踏みしめる足音がした。

「来たぞ！」

新之助は怒鳴った。大川が呼子《よぶこ》を鳴らした。だが、吹雪に遮られ響き渡るというわけにはいかない。くぐもった音色となって寒風を震わせただけだ。

「やっちまえ！」

とてつもない足音と共に、多勢の人間が殺到してきた。

「かかれ」

新之助は十手《じって》を握った。みな、浮き足立った。駕籠が降ろされた。新之助は十手を振るいながらみなを叱咤する。敵味方入り乱れての白兵戦となった。血しぶきが雪中に飛び散る。

眼前が定まらない中、とおまる駕籠が倒された。駕籠の中から、囮の男が飛び出た。

新之助は十手で敵の刃を受け止めたが、足を滑らせ道端に転がる。

乱戦の中、

「お頭《かしら》じゃねえ」

という声が上がった。

「お頭じゃねえぞ」

「罠だ」

「引き上げろ」

この叫びが引き鉄《がね》となり敵は算《さん》を乱した。

「捕らえよ」

新之助は追いかける。関所役人が突棒や刺股を振り回した。だが、雪に視界を閉ざされ足が取られて捕まえることはできない。

みなの体力の消耗も激しかった。

「追うぞ！」

新之助の指令は空回りを否めなかったが、それでもみなの奮戦により、敵が三人、突棒と刺股によって捕らえられた。

「逃がすな」

大川の命令では役人たちが尚も追いすがったが、極楽一味も必死である。新之助たちの奮戦虚しくほとんどの一味が山の中に消えた。

「追うぞ」

新之助は勇んだが、

「無理です」

猟師に引き止められた。

「しかし……」

「こんなに吹雪《ふぶ》いてたんじゃ、山の中に入ってはこっちが遭難してしまいますよ」

猟師の言葉が誘い水となったわけではなかろうが、吹雪は激しさが増すばかりだ。暴風が樹木を揺らし悲鳴のような山鳴りがした。

やはり、無理強いはできない。

捕えた三人を引っ立てる一方で猟師の一人に、

「一味を捕り逃がした。残りは七人あまりだと後ろからやって来る蔵間に報せてくれ」

と、頼んだ。

猟師は嫌な顔一つせず、

「任せてください」

一旦は駆けだしそうになった猟師を新之助は引きとめ、

「待て、一人では危ない」

関所役人にも加勢を頼もうとしたが、大川から反論された。

「敵にまた襲われぬとも限らぬ以上、人数を割くわけにはまいらぬ」

「ここに妙蓮はいないと知られたのですぞ」

「仲間を奪い返しに来るかもしれん。それに、一味は襲撃して来た者たちだけとは限らぬ。この先で我らを待ち構えているかもしれぬ」

新之助は天を睨んだが、曇天の空からは答えは導かれない。大川は思案の後、後方の駕籠が気になったのか、結局人数を向けることに同意した。

大川の判断で関所役人と猟師合わせて四人が源太郎へ報せに向かうことになった。

新之助は捕らえた一味を睨んだ。一味は不貞腐《ふてくさ》れたように横を向いている。新之助の十手が男の一人の頬を打った。男は唇を血に染めた。

「ひでえことしやがる」

血痰が雪を赤く染めるが、それも雪が降り積もりたちまち白くなった。

「おまえらの仲間は全部で何人だ」

男は横を向いている。

「吐け、こら」

新之助に焦りと怒りが湧き上がる。二番めの男、三人めの男も次々十手で殴りつけた。一人が道に倒れた。

「仲間は何人だ」

もう一度問いかける。

「襲撃した連中だけですよ」

一人が答えた。

「嘘ではあるまいな」

「本当ですよ。おれたちは、全員で十人です。他にはおりません」

男の必死の形相を見れば嘘をついているようには見えない。

「しかと、相違ないな」

念押しすると男は深くうなずいた。残る二人に視線を向けると、二人ともに、「そうです」と神妙な顔をした。

「これで、一安心だ。一味は、もう襲って来ることはない。ここに妙蓮はいないとわかったのだからな」

新之助の言葉に大川は反発した。

「こんな者たちの言うこと信用できん」

「お言葉ですが、ことこのことに関しては嘘をついているとは思えません」

ここで大川が意外にも、

「関所を預かる横目付たる拙者も引き返すは当然。やはり、妙蓮のことこの目で確かめねば」

その気持ちは無視することはできない。

「痛み入ります」

新之助は三人の盗人を引き立てて行った。

源太郎は妙蓮のおしゃべりを除けば何事もなく一行を進めていた。雪さえなければ、まことに快適な旅路である。箱根の湯に浸かれなかったのは心残りだが、今は御用に集中だ。

「う〜う」

妙蓮の伸びをする声が聞こえた。呑気なものだ。

「ここは何処いら辺りだい」

「箱根の山中だ」

「まだ、山の中か」

「そうだ」

「思ったより、寝てねえな」

「呑気な奴だ」

「寝ていられるうちに寝ておかないとな。江戸に着いたら、ろくに寝かせてもらえねえだろうから。もっとも、吟味が終わって磔《はりつけ》にされたら、永久におねんねだけどな。ははは」

嫌味の一つも言ってやりたくなった。

「あの世へ行っても寝かせてもらえないぞ。地獄の閻魔さまや鬼たちにな」

「違えねえや、でもな、おれは地獄へ行くことはねえ。極楽行き間違いなしだよ」

妙蓮の余裕ぶりは、とてものこと獄門間違いなしの罪人の態度ではない。まだ、江戸まで距離があるということからなのか。それとも、手下が必ず救い出してくれるということを信じているのか。

その時、雪を蹴る足音を聞いた。

視線を向けると、街道をやくざ者と浪人の集団が迫って来る。駕籠かきは駕籠をどすんと落とした。妙蓮の罵声が駕籠かきに浴びせられる。

源太郎は抜刀した。

一味は各々武器を手にしている。やくざ者は匕首《あいくち》、浪人者は大刀。源太郎はまず、浪人に向いた。振り下ろしてきた大刀を跳ね飛ばした。大刀が雪の中、街道に転がる。

やくざ者は匕首を腰だめにして左右から走って来た。源太郎は大刀の峰を返し、一人の籠手《こて》、一人の脛《すね》を払った。やくざ者は雪混じりの泥にまみれ横転した。

と、駕籠かきから悲鳴が上がった。浪人が駕籠の垂れを捲《まく》っている。大刀の代わりに脇差を抜き、妙蓮の駕籠に迫った。

「こらあ!」

井村が浪人に体当たりを食らわせた。浪人は吹っ飛び山道に転倒すると一目散に逃げ出した。

こうなると、やくざ者たちも妙蓮奪還を諦め走り去った。

追いかけようとしたが、妙蓮が気になり立ち止まる。

駕籠かきたちは襲撃が撃退されたことで安堵の表情になっている。

垂れを捲った。

妙蓮は苦虫を嚙んだような表情を浮かべている。

「あいにくだったな」

「ふん」

　妙蓮は横を向いた。

「手下どもを傷つけたが、やむを得なかった」

　妙蓮は源太郎を睨みつけ、

「あいつら、おれの手下じゃねえぜ」

「なんだと」

「おれの手下に侍はいない」

「浪人のなりをしただけではないのか」

　妙蓮は首を横に振った。雪風巻《しまき》の音がやたらと耳についた。

「手下ではないのか」

「違うな」

「嘘じゃないな」

「嘘なんぞついてなんの得がある」

　確かにその通りだ。

「手下ども以外にもおまえを奪い返したい者がいるのか」

「奪い返したいんじゃなくて、おれのことを殺したい奴がいるってことだろうな」

妙蓮は思わせぶりにニヤリとした。雪が降りかかり不気味な凄みを帯びていた。

「どういうことだ」

「おれの首に懸賞金をかけている奴がいるんだよ」

「誰だ」

「わからねえ。これまでにもあったんだ。おれが盗みに入ったお店がおれに懸賞金をかけやがった」

妙蓮は薄く笑った。

五

「おまえたちは、数々の盗みを重ねてきたんだ。その内のどの盗みなのだ」

手配書によると極楽坊主の妙蓮一味が盗みを働き始めたのは五年前。妙蓮の賭場が摘発されてからだ。以来、江戸を中心とした関八州で三十件を越す盗みを重ねている。中には人を殺《あや》めたこともあった。

「さあな、わからねえよ」

妙蓮は失笑を漏らした。

「それだけ罪を重ねたということだ。誰に恨まれているかもわからないとはな。それこそ、自業自得というものだ」

「どうせ、獄門になろうってのにな、おれの命を欲しがるとは妙な奴らがいるもんだ」

妙蓮は乾いた声で笑い声を放った。

源太郎はこの男を殴りたい衝動に駆られたが、私情を挟んではならないと自分を諫め妙蓮を駕籠に戻した。

ここで、新之助が寄こした猟師と役人がやって来た。大川の姿もある。大川は妙蓮の一味らしき連中に襲われたことを話した。それに対し、源太郎はたった今起きた襲撃騒ぎのことを報告し、襲撃して来たのは妙蓮一味ではなく懸賞金に目がくらんだ者たちであることを言い添えた。

「懸賞金か」

大川は目をむき、次いで、

「となると、この先も襲撃が待ち受けているかもしれんな」

「忘れてならないのは妙蓮の手下どもも狙っているということです」

源太郎の言葉に大川は危機感を募らせたようで、

「関所と小田原のお城に使いを立て、応援を要請する」

みな恨めしげに空を見上げた。雪は止むどころか激しさを増すばかりだ。それに加えて風も強くなってきた。ここで井村が進み出た。

「この先に、山小屋があります。一旦、そこに隠れ、応援を待つというのは」

妙蓮の手下に加え懸賞金目当ての連中が相手とは手ごわそうだ。井村の提案を受け、吹雪を凌ぐのがいい。先ほどの戦闘で体力も消耗している。

大川が猟師の二人を選び関所と小田原へ派遣した。

その間にも、冷たい風が体力と共に気力も奪っていく。吹雪の中、大川らの助勢が加わったとはいえ、敵の襲撃を撃退する自信は持てない。撃退は可能でも、乱戦の最中、妙蓮の無事を確保できるか。妙蓮の命を守ってやるなど腹立たしいことこの上ないが、役目を思えばそれをするのは当然だ。

いくら罪人であろうと、裁きを受けさせる前に命を奪われたとあっては、北町奉行所の沽券《こけん》に関わる。

源太郎の胸には熱い使命感が湧き上がる。

なんとしても妙蓮を江戸に連れ帰る。そしてお白洲に引き出すのだ。

「ご案内申し上げます」

井村は一行の先頭に立った。源太郎は妙蓮の駕籠の横に行き、

「この先に山小屋がある。そこで、しばし休むことになった」

「そりゃいい。身体を暖めて、酒でも飲むか」

どこまでも食えぬ男である。

周囲に視線を走らせる。雪が積もった草木が連綿と連なっている。井村は右手に地蔵があるという。源太郎は注意深く地蔵を探す。ひょっとして、雪に埋もれてしまったのではないか。そんな危惧の念が湧き上がる。

源太郎の焦燥などどこ吹く風、妙蓮は念仏を唱え始めた。

雪中、しかも、山道とあって歩行の困難さは想像を絶するほどだ。寒さを通り越し、全身が痛い。ところがさすがに猟師たちは動きが機敏だ。てきぱきとした動きで源太郎を追い越すと、右側の山裾に駆け寄り、

「ここですよ」

と、地蔵に積もる雪を掃《はら》った。

地蔵が見つかったことで源太郎は元気づけられた。

井村が地蔵の傍らに立つ。

地蔵の脇には獣道《けものみち》が上に向かっているようだ。雪に閉ざされて源太郎にはわから

なかったが井村によると山小屋までは一本道だという。

一行は獣道を登り始めた。山道は緩やかだが上り坂となっている。当然駕籠は斜めになる。

「おい、おい、もっと丁寧にやれよ」

妙蓮は苦言を呈したが吹雪でかき消された。

駕籠かきは足場の悪さに難渋をした。猟師たちが手伝う。源太郎にそれに加わる体力はない。自分一人が歩くので精一杯である。木々の枝に積もった雪が時折、風に煽られ落ちてくる。笠に積もった雪を払い除けるのももどかしい。駕籠は右に左に傾く。

妙蓮は諦めたのか黙っていた。

「ちょっとの辛抱です」

井村の言葉とは裏腹に目的の山小屋には行き着かない。それでも井村は全員を励まそうというのか、

「もうすぐです」

という言葉を繰り返す。進んでも、進んでも真っ白な樹海が広がるばかりだ。やがて、獣道もなくなり、樹木の間を分け入った。木々の枝がしなり、雪が降りかかる。

本当に着くのか危ぶんでしまう。

「まだかよ」

妙蓮が騒ぎだした。

「うるさい」

なかなか行き着かない苛立ちを源太郎は妙蓮にぶつけた。

「まったく、湯にでも入らなけりゃ、身がもたねぜ。女としっぽり濡れてよ」

妙蓮は一行の神経を逆撫でするような言葉を続ける。苛立ちを募らせる源太郎を、

「やめなされ。もうしばらくの辛抱だ」

大川に諫められた。さすがは関所を預かる役人だけあって、難渋しているにもかかわらず落ち着きを失っていない。源太郎は己の未熟さを痛感し頭を下げた。

気が差したのか井村が山小屋の場所を確かめると一人駈けだした。

「井村を待ち申そう」

大川の指示で一行は立ち止まった。樹幹の陰に潜んで雪と風を凌ぐ。

「若いの、焦りは禁物だぜ」

妙蓮が源太郎の神経を逆撫でしてくる。無視していたが、

「このまま凍え死にするのは御免だぜ」

しつこく言葉を投げてくる妙蓮にどうしようもない腹立ちを覚えてしまい、

た。それきり、声は聞こえなくなった。

「黙れ」

源太郎は十手で駕籠の垂れ越しに一撃を与えた。くぐもったような妙蓮の声が漏れた。それきり、声は聞こえなくなった。

四半時ほどして井村が戻って来た。

「こちらです」

その声は喜びに震えている。山小屋を探し当てたようだ。

「よし」

山川が一同を叱咤《しった》した。

妙蓮の様子を確かめると口を閉ざしている。妙蓮も寒さで体力を消耗しているようだ。

一行は大川の言葉に勇気づけられたかのように奮い立った。樹間を半町ほど歩くと狭いながらも平地が広がっていた。そこに山小屋があった。吹き飛ばされてしまうのではないかと心配になるほどの小ぢんまりとした建屋であるが贅沢は言っていられない。

板葺き屋根には石が重石《おもし》代わりに置かれている。猟師が猪狩りの途中、利用するら

しい。大川が先導し、戸を開けた。駕籠から妙蓮が下ろされた。妙蓮は小屋を見上げ、

「けっ、しけた小屋だぜ」

憎まれ口を叩いた。源太郎が、

「嫌なら、外にいろ。木にでも縛っておいてやろうか」

と、杉の大木を顎で示した。妙蓮は肩をそびやかし、

「わかったよ」

と、小屋に入った。

大川が猟師たちに火の用意を督促した。

土間を隔て、十五畳ほどの板敷きが広がり囲炉裏が切ってあった。土間の隅には薪が積んである。ここで待っていれば、体力は回復しそうだ。やがて、囲炉裏に火が入れられた。

みな笠や蓑を脱ぎ、さらには濡れた着物を脱いだ。源太郎は羽織を脱ぎ、大刀を板壁に立てかける。

妙蓮は後ろ手に縛られたまま土間の柱に結び付けられた。

みな、囲炉裏を囲むように暖を取った。火のありがたみが身体の芯に染み渡ってくる。

大川が鉄瓶を火に載せた。

「茶はありませんが、湯でも飲めば生き返りますよ」

井村は言った。その呑気な物言いは火と相まってこの場の雰囲気を和らげた。

「かたじけない」

源太郎は心の底からそう言った。

みなも表情が柔らかくなっている。誰ともなく、

「生き返るようです」

みなの顔に赤みが差してきた。間もなく、鉄瓶から湯気が立った。井村が柄杓《ひしゃく》ですくい、木の椀に入れる。

みな思い思いに湯を飲んだ。

源太郎は思わず感嘆の声を漏らした。椀を通して湯の温もりがかじかんだ手を解《と》かしてくれる。

ふと、妙蓮を見た。

第四章　雪中の格闘

一

「おれにもくれよ」

妙蓮がわめいた。井村が、「うるさい」と怒鳴りつけたものの、源太郎は椀に白湯《さゆ》を入れ土間に降り立った。別段、親切心からではない。拒絶をして騒がれることが鬱陶しいからだ。

源太郎が白湯を入れた木の椀を差し出すと妙蓮は縛られたままの姿勢で首を伸ばした。その姿が滑稽でわずかだが溜飲《りゅういん》が下がった。と、次の瞬間には私情を挟んでいる自分を戒める。

「あちい」

一息に飲もうとした妙蓮が舌を火傷《やけど》した。

「焦らずともよい」

源太郎は苦笑を漏らし、一旦、木の椀を妙蓮の口から離した。妙蓮もさすがに懲りたのか今度はふうふう吹きながらゆっくりと啜った。白湯が喉元を過ぎると悪党でも目元が緩むものだ。

「人心地ついただろう」

「まあな」

妙蓮もこの時ばかりは憎まれ口を叩かなかった。源太郎は囲炉裏に戻り井村に、

「吹雪、いつ止むのでしょうか」

「こればかりは祈るしかありませんな」

井村はしきりと火を盛んにした。

こんな山深くにあっては、妙蓮の手下も懸賞金目当ての連中も襲って来ることはあるまい。それが唯一の救いと言えた。

小屋は暴風に揺れている。

火に当たっていると確かに顔や胸、腹は温まるのだが、背中が寒い。そこで、背中を火に向ける。しばらくは、生き返った心地がするのだが、今度は顔や身体の前面が

寒くなる。そこでまた正面を火に当てる。そして、背中が寒くなる。

その繰り返しだ。

「こんなぼろ小屋、吹っ飛んじまうんじゃねえか」

妙蓮が悪態を吐き始めた。井村も大川もかまっているゆとりがないのか、その言葉を聞き流している。

強い風が容赦なく打ちつけている。大川が言った。

「一眠り致しましょう」

休める時に休み体力の回復をはかるのが上策ということだろう。ふとここで源太郎の脳裏に疑問が過った。

「それにしましても、懸賞金目当ての奴ら、何故、囮の駕籠ではなく我らに狙いを定めたのでしょう」

「関所から張り込んでいたのかもしれませんな」

大川は思案しながら答えた。

「我らを付け狙って来た、ということですか」

「そうとしか考えられぬ。今はとにかく、応援を待つことじゃ」

「万が一ということもあります。いつ、襲われぬとも限りません。大川殿はどうぞ、休んでくだされ。わたしは、見張りに立ちます」

源太郎は囲炉裏端から断腸の思いで離れようとした。すると井村が、

「見張りならわたしが引き受けます」

と、立ち上がった。

「それはいけませぬ」

尚も抵抗しようとしたが、

「大丈夫。箱根山の雪には慣れております」

井村に押し切られる形で源太郎は腰を落ち着かせた。

目の前に妖しく揺れる炎が眠気をさそう。気がつくと、大川をはじめ、みなすやすやと眠りに落ちていた。源太郎も緊張が緩まり、自然とまどろんだ。

源太郎は夢を見た。

暗闇の中、猛烈な吹雪にさらされている。雪風巻に身体を包まれ崖から転げた。美津が手を差し伸べてくれるが、届くことはなく谷底へ真っ逆さまに落ちて行った。

「ああっ」

自分でも叫び声を上げたのがわかった。夢だったのだとわかっても身体中が恐怖で

震えている。嫌な汗が背中をじっとり濡らしていた。

自分が妙蓮護送の重圧に負けていることを思った。

応援がくる。安心しろ。もうすぐだ、そう自分に言い聞かせる。

すると、土間でおとなしくしていた妙蓮が、

「襲って来るぜ、手下どもと賞金稼ぎがな。手下が来ればおれにとっては極楽、あんたらは地獄。賞金稼ぎだったら、おれは地獄へ真っ逆さま、そして、あんたらも道づれだ。おれは半分の確率で助かるが、あんたらはどのみち地獄行きだぜ。気の毒にな。南無阿弥陀仏」

「うるさい。この吹雪だ。手下も賞金稼ぎも来やせん。おまえだけが地獄行きだ」

大川が睨んだ。このやり取りで、眠っていた一行がもぞもぞと身体を動かした。井村が戻って来た。外に立ち見張りをしていたことが辛かったようで蓑を脱ぎ捨てるなり、妙蓮を怒鳴りつけた。

「黙れ！」

ところが妙蓮は黙るどころか、

「おい、どうだ。誰かおれを逃がしちゃくれねえかい」

などととんでもないことを口に出した。

「なにを抜かすか、この悪党」

井村は呆れ返っている。妙蓮はひるむどころか意気軒昂となって騒ぎ立てる。

「おれのこと逃がしてくれたら、百両やるぜ」

小屋の中に動揺が走るのがわかった。大川が、

「下らぬ、獄門台に送られる悪党が何を申すか。引かれ者の小唄とはこのことだな」

妙蓮は臆するどころか、

「おらあ、あんたらも知っての通りの大盗人だ。人の命も奪ったが、数え切れねえほどの金銀財宝を手にもした。百両なんぞわけねえのさ」

「うるさい」

井村が土間に下り立ち妙蓮の頬を平手で打った。妙蓮の身体が後方に弾けた。それでも薄ら笑いを顔に貼り付かせ、

「二百両ならどうだ」

井村を挑発する。

「勝手にほざけ」

井村が怒鳴り付けても、「二百両やるぞ」と妙蓮はわめき続ける。

と、明らかに小屋の空気が変わった。妙蓮の言葉に一行は動揺をきたしている。現

に猟師の中には気味悪い目付きをする者もいた。

　大川が動揺を静めようと思ったのか、

「馬鹿、大罪人に百両、二百両積まれようが誰が動くものではない。われら天下の険、箱根の関所を守っておるのだ」

　が、その声は風にかき消されそうだ。それに反して妙蓮の哄笑は吹雪を跳ね返す。

「こんな山を守ってみみっちく一生を送るのか。それとも、大金をものにしてうまい物をたらふく食い、上等な酒を飲んで、いい女を抱いて暮らすのか。よおく、考えてみるんだな」

　井村が反論しようとしたが、妙蓮は遮るように喚き立てた。

「おれの手下が襲って来るぞ。おまえら、手下に殺されるんだ。賞金稼ぎが来るかもしれねえぜ。どのみち、こんな小汚い山小屋でお陀仏だ。なあ、そうなる前に役人どもを殺しておれを逃がせ。なに、心配はいらねえ。役人どもはおれの手下か、賞金稼ぎに殺されたと思われるのが落ちだ」

　妙蓮の言葉は重苦しい空気を醸し出した。

「こんな奴の口車に乗るな」

　源太郎は立ち上がり大声を放った。しかし、みな妙に黙りこくったままだ。

「間もなく関所か小田原から応援が駆けつける」

源太郎は言葉を足した。

大川もそれに応ずるように、

「そうだ、もう、そろそろだぞ」

妙蓮は鼻で笑う。

「この吹雪だぜ。来られるもんか。それより二百両、欲しくはねえか」

妙蓮が盛んに煽り立てる。

空気はすっかり淀んでいた。みなが黙りこくる中、風の音ばかりが耳につく。が、その中にかすかではあるが足音がしたような気がした。幻聴だろうか。

いや、現実だ。どきりとした。次いで、戸を叩く音がする。

井村が、

「応援だ」

と、破顔した。猟師が戸を開けた。

源太郎は嫌な予感に襲われた。

「待て！」

と、声を放った時は遅かった。戸が開けられた。風と雪がうねりとなって吹き込ん

できた。同時に、

「やれ！」

一団が殺到してきた。先ほどのやくざ者と浪人の混成団だった。つまり、賞金稼ぎたちである。

「やべえ」

妙蓮は柱の影に身を隠した。

「ぐえ」

戸を開けた猟師が断末魔の悲鳴を漏らした。腹をやくざ者の匕首でえぐられたのだ。みな色めき立った。源太郎は素早く立ち、板壁に立てかけた大刀を取りに向かった。

浪人が刃を振るってくる。かろうじて避けた。刃の空気を切り裂く音が耳に届いた。

浪人は身体を反転させ土間に降りた。今度は妙蓮を襲う。

二

刃は妙蓮が縛られている柱にぶつかった。妙蓮は顔を土間に伏せて震えている。

大川が大刀を抜き放った。猟師と役人たちは不意をつかれたことと、全身に殺気をみなぎらせた敵に足がすくんでいる。浪人は、妙蓮を仲間に任せ、源太郎に刃をかざしてくる。源太郎はまだ大刀を手にすることができない。

大川と井村はやくざ者相手に奮戦を始めた。源太郎は素手のまま浪人者による刃の攻撃を凌いだ。乱戦の中、やくざ者の匕首が猟師の一人の腹を突き刺した。猟師は悲鳴を上げ土間に倒れた。それを見た駕籠かきたちが恐慌をきたした。駕籠かきばかりではない。猟師も関所役人も我先に小屋から飛び出す。

残るは源太郎と大川、井村、それに妙蓮である。

左右からやくざ者が匕首を腰だめにして突っ込んで来た。源太郎は腰をかがめ右から来たやくざ者を足払いにした。やくざ者は前のめりに倒れた。それに左から来たやくざ者が足を取られた。そこへ浪人の刃が襲いかかった。

やくざ者の首から鮮血が流れた。

浪人は味方を斬ったことで、ひるんだ。

その時、

「蔵間殿」

井村が源太郎の大刀を投げて寄こした。源太郎は受け取るやいなや抜き放った。寒雷が轟いた。雷光が走り、源太郎の刃が煌いた。

一瞬の後、源太郎の刃は浪人の胴を両断した。血しぶきが舞い上がり、炉端を真っ赤に染め上げる。

吹雪が吹き込んでくる。

残るは二人だ。横目に大川と井村が二人を相手に奮戦していた。

大川、井村、それにやくざ者も息も絶え絶えといった風だ。

源太郎は人を斬ったことで気持ちが高ぶりしゃにむに大刀を振るった。荒れ狂う源太郎にやくざ者は恐慌をきたし、ほうほうの体《てい》で出て行った。

危機が去り、力尽きたように源太郎は板敷に横たわった。最早体力は残されていなかった。瞼が重くなり、睡魔に抗《あらが》うことはできなかった。


どれほど経っただろうか。

意識が戻った。囲炉裏端である。そばに井村と大川がいた。井村は心配そうな顔で源太郎の顔を覗き込んでいる。

「うう」

言葉が出てこない。ようやくのことで顔を上げ土間に視線を向ける。妙蓮は土間でうなだれていた。

「井村と猟師や駕籠かきで亡骸を外に運んでいるところじゃ。見事な働きであったな」

大川に褒められ上半身を起こした。寝ていたのはわずかな時のようだ。

「飲め」

大川が白湯をくれた。

ふうふう吹きながら一口飲むと生き返る心地がした。

「旦那、若いに似ず、胆《きも》が据わっているじゃねえか」

妙蓮が声をかけてきた。

源太郎は取り合わなかったが、妙蓮はどんな神経をしているのだろう。

この期《ご》に及んで、

「なあ、一緒に逃げねえか」

悪びれることもなく誘いをかけてきた。

「性懲りもなく、まだ、そんな戯言《ざれごと》を申すか」

「二百両なんてけちなことは言わねえ。あんたなら、五百両、いや、千両だって惜しくはねえぜ」

妙蓮は執拗だ。

どんなに誘われようが、どれだけ大金を積まれようが源太郎の気持ちは身動《じろ》ぎもしない。

「一緒にやろうぜ。おれたちと一緒によ。仲間に加わってくれよ。面白おかしく暮らすんだ」

いい加減うんざりして、

「人の財産や命を奪うことが面白おかしいものか」

「ああ、楽しいぜ」

「とことん、おまえは性根の腐った男だな」

「押し入る相手はあこぎなやり口でしこたま稼いでいる連中だ」

「たとえどのように稼いだところで、他人の財産を奪い取っていいものではない」

「命は一つだ。やりたいことやって死んだら悔いはないさ」

「そう思うなら、悪あがきはよせ」

源太郎が言ったところで井村が戻って来た。雪だらけの蓑を土間に脱ぎ捨てた。

「まだですかね、応援は」

井村は雪の中の作業が堪えたとみえ、恨めしげな声を出した。

「多少、時が経っても仕方あるまい」

大川に返され井村は恨みを妙蓮に向けるような目をした。

ここで妙蓮が、

「小便だ。小便がしてえ」

と、喚きたてた。井村が、

「うるさいぞ」

うんざりしたような声を返したが、

「そんなこと言ったって、出物、腫れ物、所嫌わずってね、だめなら、ここで垂れ流すぜ」

大川が嫌な顔をした。源太郎が立ち上がり、

「連れて行ってやる」

柱に結ばれた妙蓮の縄を解き引き立てた。妙蓮は図々しくも、

「縄も解いてくれよ。これじゃあ、一物《いちもつ》を引っ張り出せねえ。それともなにかい、おれの一物をあんたが摘んでくれるのかい」

「世話の焼ける奴だ」

源太郎は後ろ手に縛られた妙蓮の縄を解いてやった。

「これで、楽になったぜ」

「妙な考えを起こすなよ」

「あんたの見ている前で妙な気なんか起こすはずはねえさ」

妙蓮はにやりとしながら戸に向かった。当然ながら源太郎もついて行く。外に出ると、吹雪は弱まっていた。どうやら、このまま収まってくれるようだ。

「なら、そこの杉の木陰でやからすか」

妙蓮は歩いて行った。源太郎も背後に立つ。妙蓮は背中を向けたまま、

「おかしいと思わねえか」

「何がだ」

「賞金稼ぎの連中のことだよ」

「連中がどうしたのだ」

「なんで、ここがわかったんだろうな」

それは、源太郎も気になっていたことだ。源太郎が言葉を詰まらせたのを見定めるように妙蓮は声を潜め、

「手引きした奴がいるんだよ」

放尿を終え振り返った。

「馬鹿なことを申すな」

源太郎は取り合わない態度を見せたが、

「いや、あんたも疑っているはずさ。こんな山奥にある小屋を賞金稼ぎの連中が知っているはずはねえ。おまけに、この吹雪だぜ。きっと、誰かが垂れ込んだんだ。大川か井村のどっちかさ」

妙蓮の言葉に惑わされてなるものかと自分を諌めたが、この言葉は源太郎の胸をざわめかせた。

山小屋に一行を導いたのは井村か。井村は地蔵の脇を登ったらすぐに着くと言った。しかし、この山小屋に至る道はそんな安易なものではなかった。

井村なら賞金稼ぎ連中に囮の駕籠を仕立てること、山小屋に避難することを教えることは容易だ。

「あんたもわかっているんだろう」

「用を足したら、さっさと戻るぞ」

「あの二人から目を離すな」

「うるさい」

「この小屋、出た方がいいんじゃねえか。雪も止んだんだからな」

稜線の彼方に見える西の空は雲が切れていた。言われるまでもなく、出て行こうと思った。いつまでもここに居て応援を待っていても、今度は妙蓮の手下に襲われるかもしれない。

小屋に戻ると、井村が待ち構え、妙蓮を後ろ手に縄を打った。妙蓮は思わせぶりな笑みを送ってくる。源太郎は顔をそむけ、

「吹雪も止んだことでござる。出立しませんか」

井村がかぶりをふり、

「いや、まだ、危ないですよ。ここで応援を待っておった方がよいと存ずる」

「街道まで出れば大丈夫でしょう。街道に出る頃には応援の方々と合流できるかもしれない」

源太郎は快活に言った。

「それはどうでしょうな」

井村は懐疑的だ。

「その方がよいと存ずる」

源太郎の声音が強くなった。井村への疑念が強くなったのだ。

「いや、いや、ここは待つことがよい」

井村が尚も抗ったのを見越したように妙蓮が言葉を投げてきた。

「誰かを待っていなさるんですかね」

井村の顔色が変わった。

三

「貴様、なにを」

井村が妙蓮に摑みかかろうとするのを制するように、

「こうしておっても、気が塞がれるばかりです。わたしは出た方がいいと思います」

源太郎は強く主張した。

その源太郎の言葉を後押しするように天窓から日が差し込んだ。妙蓮はまぶしそうに見上げ、

「おてんとうさまもお出迎えだぜ」

「もう、吹雪は去ったようです」

「よし、出立だ」

大川の決断で出発が決まった。

源太郎は土間に下り立ち妙蓮の縄を取った。妙蓮はせせら笑った。

外に出ると杉の木立から木漏れ日が差し込んでくる。吹雪が過ぎ去り、冬晴れの空は限りなく蒼く、吹く風は身を切るほどに冷たいものの、どこまでも澄み切っていた。

「おてんとうさまも見ているぜ」

妙蓮は耳障りな笑い声を上げた。井村が苛立たしげに怒鳴りつける。

「うるさい」

「さしてうるせえとは思えねえけどな」

妙蓮は相変わらずふてぶてしい。腹の底をお見通しなんだと言いたげだ。源太郎は井村に疑いの目を向けながら獣道を歩く。日が差しているとはいえ、草木には雪が降り積もり足元をしっかり見定めながら歩かねばならない。

妙蓮を山駕籠に乗せると、

「こりゃ、楽ちんでいいや。極楽、極楽」

妙蓮は言った。

青空を鷹が舞っている。

「街道までの辛抱だ」

大川が言う。

妙蓮を乗せた駕籠は順調に道を下って行く。

獣道は急である。慎重に足元を確かめながら慎重に降りて行く。それでも、源太郎は何度も足を取られた。尻餅をつき、そのまま三間ほども滑り落ちた。

「大丈夫かい、なんなら、代わってやろうか」

妙蓮がからかいの言葉を投げてくる。

「大丈夫でござるか」

井村が心配げに歩み寄って来た。

と、唐突に、妙蓮が大声を発した。

驚きの余り、先棒が草に足を取られ前のめりになった。それに引き込まれるように後棒もつんのめる。妙蓮は駕籠から転落した。

と、思うと立ち上がるや猛烈な勢いで走りだす。

虚をつかれた源太郎たちは急いで後を追う。妙蓮は勢い良く獣道を駆け下りる。

井村がいち早く妙蓮を追った。

源太郎も駆け下る。木々の間から妙蓮と井村の叫び声が聞こえる。源太郎は焦る余りこけつまろびつ必死で追いかけるが、気持ちが空回りして追いつくことができない。

それでも己を叱咤する。

なんという手抜かりだ。ちょっとした油断を妙蓮につかれた。まんまと出し抜かれたとあっては言い訳のしようもない。

　いかん、余計なことは考えるな。今は妙蓮を捕まえることだ。

　樹間で井村が妙蓮の縄を摑むのが見えた。井村は縄を引き、妙蓮を止めようとしたが妙蓮の勢いはすさまじく、逆に引きずり倒されてしまった。

　井村は腕に縄がからまり、解くことができない。獣道を引きずられ、身体中が雪や泥や小枝、落ち葉にまみれていた。

　やがて、街道が見えた。

　源太郎は速度を上げ先回りをして街道に降り立った。妙蓮が憤怒の形相で走り降りて来るのを正面に待ち構える。

「どけ」

　妙蓮が叫んだ。

　源太郎は刀の柄頭《つかがしら》で妙蓮の鳩尾《みぞおち》を打った。妙蓮は鈍い声を上げ、そのまま崩れた。

「井村殿」

　駆け寄ると井村は泥にまみれた顔を上げた。息も絶え絶えといった様子である。

「面目ござらん」

　源太郎に手を貸されて、井村はやっとのことで起きることができた。

「歩けますか」

「ご心配には及びません」

井村の声音は小さかった。

妙蓮は気絶している。蘇生させようかと思ったが妙蓮の言葉が気にかかる。

「ちと、尋ねたい」

井村に向いた。井村は構えるような態度を示した。

「貴殿、賞金稼ぎたちを導いたのですか」

その言葉は核心を突いたようだ。井村は泥にまみれた顔をうなだれ、

「お見通しの通りでござる」

「お認めになるか」

「関所に御奉公する者には許されざる所業を致しました」

「金でござるか」

「いかにも」

井村は乾いた声を出した。

次いで、

「深い訳などござらん。ただ、金に目がくらんだだけでござる」

井村は自嘲気味な笑みを浮かべた。関所に妙蓮が捕らえられたことを知った賞金稼ぎ連中が話を持ち込んできたのだという。

「わたしは、囮を仕立てることになったこと、途中山小屋に避難するように持っていくこと、そして小屋の所在を記した書付を与えました」

「しかと、お認めになるのですね」

「はい。この者を小田原まで運んだなら、潔《いさぎよ》くお役所に出頭するつもりです。信じていただけぬかもしれませんが、山小屋で賞金稼ぎどもと刃を交わしているうちに自分が情けなくなりました。罪を償いたいと思います」

「その言葉、信じますぞ」

井村は大きくうなずいた。

大川が気がかりになった。井村は改心している様子だが、妙蓮と二人を残して大川を迎えに行くことは憚られる。

自分がいなくなった時、井村は妙蓮を殺し、賞金稼ぎに合流するのではないか。

しかし、大川の身も心配だ。

山間の道で倒れ、遭難しているのかもしれない。駕籠かきたちの姿もないのだ。

今の言葉に嘘はなかった。井村を信じよう。

「井村殿、わたしは大川殿を迎えに行ってまいります」

井村は己が所業に後ろめたさを抱いているのか、曖昧《あいまい》に口ごもるだけだ。が、じきに源太郎が自分を信頼してくれているのだということに気付いた。目に輝きを帯びさせ、

「妙蓮はわたしが責任を持って見張っております」

「では」

踵《きびす》を返し獣道を登った。急ぎ足で登って行き、山小屋を目指す。駕籠かきたちは下りて来た。山駕籠は壊れてしまったという。大川の所在を聞くと、藪の中に入って行ったという。

藪を覗いたが大川の姿はない。

自分で降りようとしたのか。途中に行き合わなかった。とすると、山の中を彷徨っているのか。源太郎は林間に入った。

「大川殿」

叫ぶ。声はしない。木々の枝を払いながら奥に踏み入る。しばらく行くと、木々の間に大川の背中が見えた。

「大川殿」

声をかける。大川が振り返り、苦笑を浮かべた。用を足していたようだ。

「妙蓮は捕えました。井村殿が見張っております」

「でかした。では、我らも」

大川は一歩踏み出しただけで苦痛に顔を歪ませた。右足を挫《くじ》いたそうだ。自力で山道を下りるのは困難そうだ。

「大川殿、どうぞ」

源太郎は大川に背を向け、その場にしゃがんだ。

「ご懸念には及ばぬ」

大川は言ったもののいかにも歩行困難である。

「今は体面を気にしておられる場合ではござらん。獣道を下り、街道に出るまではわたしの背中におられよ」

源太郎に強く言われ、大川は忍ぶように言った。

「かたじけない」

大川をおぶり、獣道を降りた。大川は背中でさかんに詫び言を繰り返した。大川は痩せているが、雪の獣道を下ることで、その重さがずしりと身体を圧迫してくる。腰を落とし慎重に歩みを続ける。源太郎と大川の口からは白い息が吐き出される。

それにもかかわらず、源太郎の額には汗が滲んでいた。

時折どうにも我慢ができなくて、立ち止まってしまう。

小休止を入れぬことには進むことができない。

「すまぬ」

背中から大川が詫び言を繰り返す。いかにも申し訳なさそうでこちらが恐縮してしまう。何度か小休止を取り、二人揃って滑り落ちないよう念入りに下りて行く。

この間にも不安が過《よぎ》る。

井村は果たして妙蓮をちゃんと見張っているだろうか。

そう思うと焦りが吹雪のようになって襲いかかる。自分の決断に自信が持てない。

不安と弱気の虫に呑み込まれそうになった。

「いかがされた」

大川もそんな源太郎に不安を抱いたようだ。

「なんでもござらん。もうすぐですぞ」

源太郎は己を励ますように言うと歩きだした。

街道に出た。

四

なんと、街道に井村が倒れている。源太郎は大川を脇にそっと下ろし、

「井村殿」

堪《たま》らず声をかける。妙蓮はいない。井村の胸からは鮮血が溢れていた。抱き起こし、井村の名前を叫び立てるが返事はない。顔は血の気を失い、唇は真っ蒼だった。既にこと切れていることは明らかだ。

と、

「ははっは」

妙蓮の哄笑が聞こえた。顔を上げると、源太郎と大川の周囲を妙蓮と手下らしき男たちが取り巻いている。

「若いの、ご苦労だったな」

妙蓮は薄ら笑いを貼り付かせ近寄って来た。視線を源太郎から大川に向ける。

妙蓮が、

「じゃあな、おさらばだ」

と、手下に声をかけた。手下は一斉に、「へい」と声を揃えた。大川は悔しげに妙蓮たちを見上げているものの、足が言うことを利かず、成す術《すべ》がない。源太郎は五体満足ではあるが、いかんせん、多勢に無勢。妙蓮たちを相手に敵《かな》うはずもない。

だが、それで指を咥えて見ていることなどできはしない。自分はたとえ見習いでも将軍のお膝元たる江戸の町奉行所の同心、十手御用を承《うけたまわ》る身、そしてかつて鬼同心として江戸中の悪党を震え上がらせた蔵間源之助の息子なのだ。

たとえ相手が何人だろうと、悪党を見逃してなるものか。自分の役目は妙蓮を江戸に連れ帰ることだ。

「待て!」

たとえ、一人でも悪党に対し無抵抗ということはできない。妙蓮は余裕たっぷりに言った。

「どうだ、一緒に来ないか」

「何度も言わすな、おまえたちの仲間に加わる気はない」

「そうかい、なら、これでお別れだ」

妙蓮には源太郎を殺すつもりはないようだが、喜ぶ気にはなれない。それどころか、侮辱を受けたような気になった。

「そうはさせん」

源太郎は大刀の柄に右手をかけた。

「若いの、命を粗末にするな」

「悪党に情けは受けん」

源太郎は叫ぶや抜刀した。

手下たちが源太郎を取り囲む。匕首や長脇差を手にぎらぎらとした目で睨んできた。

妙蓮が合図をすれば一斉に飛びかかってくるだろう。

源太郎の柄を握りしめる手からは汗が滲んだ。

妙蓮は薄ら笑いを浮かべたままだ。

その顔を見ていると堪らない憎しみが湧いてきた。

「逃がさん」

源太郎は妙蓮めがけて斬り込んだ。手下が一人源太郎の前に立ちはだかる。手下の長脇差を大刀で跳ね飛ばす。ところが、背後からも斬りかかられた。

源太郎は応戦しようという焦りから足を滑らせ転倒してしまった。

そこへ、手下たちが殺到してくる。

——最早、これまで——

脳裏に美津の顔が過る。

——美津、すまん——

死を覚悟した刹那、

「御用だ！」

という声が山間にこだました。

もう、あの世へ行ってしまったのかと思ったがじきに、「御用だ」との声が連呼し、続いて大勢の足音が近づいて来た。妙蓮たちが浮き足立つのがわかった。

身体を起こす。

街道を新之助率いる捕り方が走り込んで来た。

「ずらかるぜ」

妙蓮は手下を促し、街道を反対に逃げようとする。ところが、既に反対の道からも捕方が迫っていた。たまらず妙蓮たちは山中に逃れようとした。が、山も捕方で満ちている。関所と小田原城下から応援が駆けつけてくれたようだ。

「観念しろ！」

新之助が大声を出した。妙蓮は最後の悪あがきとばかりに新之助たちに斬り込んだ。が、それも抵抗虚しく、難なく捕縛された。

「まいった、今度こそ観念だ」

妙蓮は地べたにあぐらをかき、念仏を唱え始めた。手下たちも観念したように跪《ひざまず》いた。妙蓮を入れ、全部で八名だ。新之助たちが縄を打っていく。

「助かりました」

源太郎が頭を下げると、

「手下どもは少なくなったな。大方、逃亡したのだろう。小田原藩に応援を要請してよかった。ともかく、間に合ってよかった」

新之助は源太郎の労を労《ねぎら》ってくれた。

「わたしとしたことが、もうちょっとで逃げられるところでした。わたしの失態です」

源太郎はうなだれた。

そこへ大川が右足を引きずりやって来た。大川も面目なさそうに、

「全ての責任はわたしにあります。箱根の山と妙蓮を侮ったのが今回の事態を招きました。箱根関所を預かる横目付として、この責任は小田原城下に着いてからしかと取るつもりです」

「大川殿ばかりではありません、わたしだって、油断したのです」

源太郎は主張したものの、

「井村を死なせてしまった」

大川はいかにも悔恨の情を示すようにがっくりとうなだれた。

「ともかく、妙蓮と一味は捕縛されたのです。このことは今回におきましては不幸中の幸いと申せましょう」

新之助の言葉に源太郎も、

「そうかもしれません。妙蓮だけでなく一味の者たちまでもお縄にできたのは思いの外のことにございます」

「しかし、この者どもが妙蓮の手下全てとは限りません」

大川はすっかり弱気になっている。

「全てかどうかは吟味を加えるしかありませんが、主だった者たちであることは間違いないと存じます」

新之助が励ますように言う。

大川の伏し目がちの顔に赤みが差してきた。

「ともかく、出立致しましょう」

源太郎が言った。

大川は歩こうとしたがやはり足が言うことを利かないようだ。

「つくづく、厄介なものですな」

大川は失笑を漏らした。

結局、みなに迷惑がかかると最後尾についた。

「立て」

新之助は妙蓮と一味を率いて小田原に向かった。引き立てられて行く妙蓮は駕籠には乗せられず徒歩だ。

妙蓮は己《おの》が運命を諦めたのか妙に清々《すがすが》しい面つきだった。最早、観念したということか。

一行は街道を小田原に向かった。

雪の降り積もった木々が日差しを弾き、煌いていた。吹雪が去り、空の雲という雲を全て持ち去ったかのような空に夕陽が差している。澄んだ空気が吹きぬける。山から鶯の鳴き声が聞こえた。

時節外れの鶯か。

その声は神々《こうごう》しいまでの美しさだ。鶯の笹鳴きにしては鮮やか過ぎる。

左手には下二上山《しもふたがみやま》の威容が映えていた。

今度は間違いなく順調だ。

となるとここで源太郎の胸を差すような痛みが襲ってきた。

——人を斬った——

無我夢中だった。

吹雪の中、斬り合いとなったのだ。一瞬の躊躇《ためら》いが命取りとなる。あの時、ほんの僅かでも躊躇《ちゅうちょ》していたら、今頃自分は生きてはいないだろう。

それはわかっている。わかり過ぎるくらいにだ。しかし、この手に残った感触。人を斬った、殺したという感触は深く残り、今後、拭い去ることはないだろう。

そんな源太郎を気遣うように新之助が横に並んだ。

「どうした。ともかく、妙蓮一味はお縄にできたのだ」

「ええ、まあ」

「何か不満なのか」

「わたしは、人を斬ったのです」

源太郎は賞金稼ぎ一味との斬り合いを話した。新之助は源太郎の苦悩を一身に受け止めるかのように、

「さぞ、心痛のことであろうが、致し方あるまい」

「牧村殿は人を斬ったことございますか」

「あるとも。数えればきりがない」

答えてから笑みを漏らし、

「いや、三人だな。いずれも捕物の最中だった。最初はおまえのように見習いの時だったよ。出会い頭《がしら》というか、踏み込もうと思った盗人の巣窟から盗人が飛び出して来て、無我夢中で刀を振り回してな、相手が死んだとわかって、それからしばらくは飯も喉に通らなかった。でもな、それも御用なんだ」

「それはわかります」

源太郎は理屈ではわかるが、決して理屈だけでは解決できない、大きな壁があるような気がして仕方がない。

「人を斬る、たとえ悪党でも、決していいことではない。でもな、斬った悪党を成仏させてやるために、懸命に御用に励むのが我々というものではないか」

「斬った悪党どもを成仏……」

この言葉を源太郎は口の中で繰り返した。

すると、源太郎の心の内を慮ったわけではなかろうが、妙蓮が念仏を唱え始めた。念仏は暮れなずむ山間に猩々《しょうじょう》として響き渡った。

五

その頃、源之助は松五郎と紋蔵殺しについてなんの手がかりも得られないまま苦闘していた。

成果なく帰途に就いた。

八丁堀が近くなり、越中橋の袂に到った時、

「もし」

と、呼び止められた。

見ると、縞柄の着物を着込んだ店者《たなもの》風の男がぺこりと頭を下げた。

「北町の蔵間さまでいらっしゃいますね」

「そうだが」

そっちは誰だという問いかけを目でした。

「手前、神田明神下で質屋を営んでおります、伏見屋菊次郎《ふしみやきくじろう》と申します。蔵間さまに折り入ってお耳にお入れしたいことが」

菊次郎は言った。

「なんだ」

源之助は警戒心を強めた。夕暮れ、自分の帰りを待ち、呼び止めて用件を言うとは何故であろう。

「立ち話ではできぬことでございます」

「というと」

問い返した時には、

「勝手ながらこの近くに席を設けておりますので、失礼ですが、お足を運んでいただけませぬか」

菊次郎は言葉こそ丁寧だが、なかなか強引な男のようだ。

だが、好奇心は募る。

「よかろう」

源之助は受けることにした。

「ありがとうございます」

菊次郎は足早に夕暮れの小路を歩きだした。目指す店は路地を入ったどん突きにあった。小体《こてい》な二階家である。こんな所に料理屋などあったのだろうかといういささかの警戒心が胸に渦巻く。

「さあ、どうぞ」

菊次郎は格子戸を開けた。

一見して造りはごく普通の二階家である。菊次郎の案内で奥の座敷に入った。襖が開けられると八畳の座敷になっており、香が焚きこめてあった。

食膳と酒が用意してある。

「まずは、お一つ」

菊次郎は蒔絵銚子を向けてきた。

源之助は杯を伏せ、

「話を聞こう」

と、菊次郎の正面を見据えた。菊次郎は蒔絵銚子を食膳に置き、両手を膝の上で揃えた。店者にしては鋭い目をしているが、右の瞼にある黒子《ほくろ》が険しさを打ち消し、商人らしい柔らかさを醸し出していた。

「極楽坊主の妙蓮のことでございます」

菊次郎は言った。

どきりとした。思いもかけぬところで妙蓮の名前が出たものである。これは聞き捨てにはできない。

「妙蓮、箱根の関所でお縄になったという噂を耳にしましたが、本当でございますか」

「それを聞いてなんとする」

「まずは手前が問うておるのです」

菊次郎には臆したところがない。胆の据わりようは尋常ではないようだ。

「捕縛された。北町が身柄を引き取りに向かっておる」

「ありがとうございます」

菊次郎が礼を言ったのは、自分の問いかけに源之助がちゃんと答えてくれたことに対するものであろう。

菊次郎は続けた。

「手前は昨年の秋、極楽一味に押し入られました。金千両を奪われ、その上、娘を手籠めにされたのです。娘はそのことが元で、気がおかしくなり、やがて、自害して果てました」

「それは気の毒に……」

どんな言葉をかけていいかわからず、そんな当たり障りのないことしか言えない自分が情けない。南町が探索に当たったため詳しくは知らないが、その一件は鮮明に覚えている。

「千両の金など惜しくはございませんが、娘を失ったことだけは悔やんでも悔やみきれません。当然ながら、妙蓮を許すことはできません。八つ裂きにしても足りぬ思いでございます」

菊次郎の目は血走った。

「…………」

源之助は菊次郎の意図がわからず、言葉を閉ざした。自分との会見を持ったということは何か目的があるはずだ。単に妙蓮への恨み言を言い立てるだけではあるまい。

「これは失礼しました。娘のことを話すとつい取り乱してしまいます」

菊次郎は頭を下げてから改めて源之助を見た。

「極楽坊主の妙蓮、わたしがあの世へ送ってやります。もちろん、極楽などへではなく、地獄へ」

「なんだと……」

座敷の中に緊張の糸が張り詰められた。

「わたしの手であの世へ送ってやるのです」

「馬鹿なことを申すな」

「馬鹿なことではございません」

「妙蓮は江戸で裁きを受け、間違いなく死罪となろう。そのような者をわざわざ殺すことはあるまい」

「いいえ、娘の仇でございます」

「やめておけ」

「それに、妙蓮を護送して来る間に妙蓮の手下が奪い返さぬとも限りません。それでは、元の木阿弥《もくあみ》」

「そのようなことは断じてない」

「既に妙蓮の手下どもは箱根に向かっておるのでございます」

菊次郎は表情を消し、能面のような顔つきとなった。

「どうしようというのだ」

「わたくしも、それなりの人数を雇いました」

菊次郎は蒔絵銚子を持ち上げ、源之助に向ける。

驚きから杯に受け、思わず口をつけてしまった。

「刺客を雇ったということか」

「左様にございます」

「そのようなこと許されると思うか」

「許されるはずはございません。ですから、わたくしも生きておるつもりはございません。妙蓮が地獄へ旅立ったのだとわかれば、潔く自害して果てるつもりです。今回、妙蓮が箱根で捕らわれたということは、亡き娘の導きによるものと信じております」

「身勝手な理屈をつけるな。店はどうなるのだ。おまえは自分の思いを遂げたとしても、店の奉公人たちはどうする」

「店は閉じました。奉公人たちへは、それぞれの働きに応じて給金を与えております。わたくしは、全て処分の上、今回の企てを考えたのでございます」

菊次郎の目は生半可な覚悟ではないと言いたげだ。

「思い直せ」

「最早、刺客は放たれました。今更、止め立てはできません」

「どうして、その企て、わたしに話すのか」

源之助は慌てているせいか舌がもつれていることに気がついた。

「あなたさまには、わたしの思いをお伝えしようと思ったのでございます」

「どうしてわたしなのだ。北の奉行所には何人もの同心がおるぞ」

「あなたさまが一番信用できるからに他なりません」

菊次郎はしれっと答えた。

「信じられぬな。それよりも、そんなことを聞いて黙っているわけにはいかぬ」

源之助は腰を上げた。菊次郎を抑え、すぐにでも箱根の関所にこのことを知らせねばならない。

ところが……。

源之助は腰を上げようとしたが、腰に力が入らない。それどころか、全身が痺《しび》れてきた。

「おのれ」

痺れ薬を盛られたようだ。

「御安心ください。お命に別状はございません。では、蔵間さま、しかとわたくしが申したこと、その胸に刻んでください」

菊次郎は言うと立ち上がり、座敷から出て行った。

「待て、やめておけ」

源之助は言葉を発したつもりだったが、舌がもつれ言葉にならないうちに、目の前が真っ暗になった。

第五章　時節外れの野分《のわき》

一

源之助は目が覚めた。

頭の芯がどんよりと濁っている。二日酔いの朝のようだ。ぼうっとしながら周囲を見回す。膳が調えられたままだ。菊次郎とのやり取りが思い出される。

こうしてはおられぬ。

立ち上がろうとしたが、身体が言うことを聞いてくれない。

「御免なさいまし」

襖越しに女の声がした。

「う、うん」

やっとのことで声を発することができた。声を出してみると、話すことができるようになった。女は襖を開けて中に入って来た。この店の女将でお萬《まん》と名乗った。

「一緒におった男はどうした」

菊次郎が留まっているはずはないのだが、そう尋ねた。

「お連れさまでしたら、少し前に帰って行かれました。お客さま、お酔いになって休んでおられると言い残されて」

「少し前というと」

「四半時ほど前でしょうか」

まだ、四半時しか経っていないのか、と意外な気がした。

「あの男は何度かこの店を使っているのか」

「いいえ、今日が初めてでございます。初めてということで、前金で多めにくだすったんですよ」

お萬はにこやかに答えた。それから膳に目を向け、

「あら、お料理、お気に召しませんでしたか」

「いや、そんなことはない」

気遣ったつもりだが、

「でも、一箸も付けておいでになりませんが」

お萬に突っ込まれ、

「いや、少々、酒をな……。飲み過ぎてしまったのでな」

お萬が蒔絵銚子を持ち上げたが、中味はほとんど減っていない。なんだか居たたまれなくなり、

「わたしは下戸《げこ》でな。少し飲んだだけで、酔いつぶれてしまった。また、まいる」

そそくさと立ち上がるとふらつきながらもどうにか座敷を出た。料理、お持ち帰りになられますかと聞かれたが結構だとやんわりと断りを入れた。

ともかく菊次郎の企てを源太郎と新之助に報せねば。

その信憑性については半信半疑だ。

ひとまず奉行所へと引き返した。


詰所に顔を出すと幸い緒方が残っていた。源之助の顔を見るなり、緒方の目に希望の灯りが灯ったのは、源之助に依頼した殺しの探索について何等かの進展があったと思ったからだろう。

しかし、焦燥を漂わせている源之助を見ると緒方の目も暗くなった。

「大いに気になることがござった」

そう前置きをした。緒方は黙って源之助の言葉を待つ。源之助は菊次郎との遭遇、菊次郎が企てている妙蓮暗殺を話した。緒方の顔がみるみる変わってゆく。

「なんと……」

「菊次郎の話だけですから、実際どれくらいの信憑性があるのかはわかりません」

「しかし、いかにも具体的なお話です。直ちに箱根まで知らさねば。もっとも、今から、早飛脚を立てたところで、間に合うかどうか」

緒方は苦悩の色を深めながらも経緯を書状に書き記した。

「妙蓮、その真偽、つまり、箱根の関所に捕縛されているのがまこと妙蓮なのかどうかということも気にかかります」

源之助が疑問を投げかけると、

「もし、妙蓮でないとすると、菊次郎の企てまことに以って無駄というもの。無駄な金を使い、無駄な血を流すことになります」

源之助も深くうなずいた。

「それに、牧村と源太郎の身が」

緒方も危ぶんだ顔をした。

「明日にでも、菊次郎のいた神田明神下の質屋伏見屋へ行ってみます。もう、店を閉じたということですが、一応当たってみることとします」

源之助の申し出に、

「重ね重ね、お手数をおかけします」

緒方は丁寧に頭を下げた。

「なに、この前も申しましたが、乗りかかった舟です。果報は寝て待てと申しますが、お互い、できない性分ですな」

源之助は苦笑を漏らした。

「こういう役目をしておりますと、そうしたものかもしれません。のんびりと温泉にでも行きたいものですな」

緒方らしからぬ砕けた物言いに緒方の苦悩が滲み出ているようだった。

源之助は自宅に戻った。

久恵は食事の支度をしているが、内心では源太郎の身を案じていることだろう。源之助はつい、

「源太郎、もう、箱根に着いたであろうな」

などと言葉をかけてみた。

「箱根、近そうで遠いものですね」

「新之助も一緒だ。心配ない」

この一言は余計だった。久恵の表情が明らかに曇った。

「あの、何か問題でも起きたのですか」

「いや、そういうわけではない」

あわてて否定をした。久恵は口にこそ出さなかったが、いかにも危機感を抱いたようだ。

「飯だ」

つい不機嫌な声を出してしまった。久恵は黙って応じた。


明くる五日の朝、源之助は神田明神下にあったという質屋伏見屋へとやって来た。

今は取り壊され火除け地になっている。ぼうぼうと雑草が生い茂る中、松の木が伏見屋の名残《なごり》を留め、土で造られたこんもりとした塚がひどく寂しげな風情《ふぜい》を漂わせていた。

近所の者に伏見屋の評判を尋ね回った。主人菊次郎は穏やかで人情味のある男だったという。貧しい者には質草を流すようなことはせず、相手の都合に合わせて返金を待ってやったりしたそうだ。

「それが、盗人に押し込まれてね」

極楽坊主の妙蓮に押し込まれ、娘を無残に犯された。それが元で店を閉めた。昨晩会った菊次郎の言葉を裏付けるものだった。

「とても、いいお嬢さんだったんですけどね」

老婆は懐かしげに目をしばたたいた。

その表情はいかにも妙蓮一味の非道ぶりを語っているようで、妙蓮への憎悪と恐れをかきたてるものだった。

すると、

「蔵間さま」

と、女の声がした。

振り返るとお鶴である。

「おお、おまえ、こんなところで」

源之助がいかつい顔を緩ませると、

「わたし、この近くで稽古所を開こうと思いまして、今、色々と当たっているところなのです。蔵間さまは、お役目でございますか」

「まあな」

生返事をしてから松五郎殺しの下手人を挙げることができないで申し訳ないと言い添えた。

「蔵間さまなら、必ず、捕まえてくださると信じております」

お鶴の謙虚さがかえって自分を責めているような気がして仕方がない。

「昼餉は食したか」

自分でも思わぬ言葉が口から飛び出た。

「いえ」

お鶴は上目使いに言う。

「ならば、蕎麦でもどうだ」

蕎麦屋が目についたためそう言った。お鶴は応じ、蕎麦屋の暖簾を潜った。中は賑わっていた。小上がりの隅で向かい合わせに座る。天麩羅蕎麦の香が鼻孔を刺激した。

「天麩羅蕎麦をもらおうか」

次いでお鶴に何を食べたいかを目で問いかける。

「しっぽくを」

お鶴は遠慮がちに注文した。

「すまんな」

改めて詫び言を言う。

「やめてください」

お鶴は気遣いを示してくれた。

「実はこの近くに以前質屋を営んでいた男がいたのだ」

源之助は伏見屋菊次郎の企てのことは伏せておいて菊次郎が極楽一味に押し入られ、千両を奪われた上に娘を手籠めにされたことを語った。

「それで、その娘さんは……」

お鶴の顔が曇った。

「気の毒にな」

さすが気が重くなった。

「なんて惨《むご》いことを」

お鶴は目を伏せた。

「そんなことがあり、伏見屋は店を閉めたという次第だ。極楽一味、とんでもない連中だ」

源之助はぶつけようのない怒りに堪えながら言った。

「箱根の関所で捕まってよかったです。それがせめてもの慰め。多くの人の恨みを買いながら妙蓮は死んでいくのでしょう。それとも、箱根で捕まったのは、やはり、妙蓮ではないのでしょうか」

お鶴は小首を傾げた。

二

「おそらくは妙蓮だろうとは思う。となると、松五郎と紋蔵を殺したのは妙蓮の手下ということなのだろう」

ここでふと源之助は危機感を覚えた。

「あれから、身辺に怪しいものを感じはしないか」

「特には……」

お鶴が答えたところに、蕎麦が運ばれて来た。お鶴はしっぽく、源之助は天麩羅蕎麦を受け取った。天麩羅は貝柱のかき揚げである。ごま油ではなく上方《かみがた》風に菜種油で揚げてあるため、天麩羅特有の油っぽさがそれほど感じられず、近頃胃もたれを感じる身にはありがたい。かりっと上がっているのも食感がよく、貝柱の甘味とうまく合っていた。

つい、頬が綻んでしまう。

すると、お鶴の顔にも笑みが浮かんだ。

「いくつになっても食い意地が張っていかん」

照れからいかめしい表情を造ってしまったが、お鶴は染み透るような笑顔で、

「わたしのおとっつあんもそうでした。おっかさんや周りの人がよせっていうのに、脂っこいものや、ご飯をたくさん食べたのです。松五郎もそうでしたわ」

お鶴はしっぽく蕎麦一杯も持て余すようだ。

「細見の身体は食が細いせいだな」

「見ているだけで十分なんです」

しっぽくは玉子焼きやら蒲鉾、麩などが彩りよく並んでいる。いかにも、かわいらしいが、それ一杯では源之助の腹は満たされないだろう。

源之助は蕎麦を勢いよく啜り上げた。お鶴は言葉通り半分ほど食べてから、

「よろ　ら、どうぞ、お召し上がりください」

と、　た。

源之助は躊躇ったが、

「どうぞ」

目の前に丼を置かれてしまったため、

「では、遠慮なく」

と、箸を進めた。

さすがに天麩羅蕎麦に加えてとなると、胃にもたれたのだが、お鶴の好意を無にするわけにはいかず気合いで完食した。

「ああ、満腹だ」

源之助は我ながら気恥ずかしくなってしまった。

「ならば、これでな」

源之助は勘定を持つと言うとお鶴はうれしそうに笑顔を弾けさせた。勘定をすませ表に出る。

お鶴は店の前で待っていた。

「ご馳走さまでした」

「こちらが誘ったのだ。かまわん」

気にするなと言ってもお鶴は礼の言葉を止めはしない。それからお鶴は思いつめたような顔で語りかけた。

「あの……」

そこで口をつぐむ。

「どうした。礼ならもうよいぞ」

「そうではないのです。あの……蔵間さま、これからも、力になってください」

お鶴の視線は真摯に凝らされた。その双眸に薄らとたたえられた涙に限りない清らかさを感じる。

「うむ、困ったらいつでも訪ねてまいれ」

「ありがとうございます」

お鶴は声を弾ませる。

心が温《ぬく》もり、晴れやかにもなった。

ふとお鶴は空を見上げた。

鈍色の空が広がっている。

「早く、帰らないと降ってきますよ」

お鶴が言ったように今にも大粒の雨が降ってきそうだ。おまけに風も強くなってきた。

「時節外れの野分でも来るか」

源之助は言うとお鶴と別れた。別れて程なくして、頬を冷たい雨粒が濡らした。いかん、と思ったのも束の間、雨脚は強くなり、風も激しさを増した。

「まいったな」

羽織を脱いで、頭に被った。

お鶴の身が案じられる。ともかく、雨を凌ごうと思った。と、ここで杵屋を思い出した。杵屋ならここからはほど近い。

源之助は杵屋の母屋で雨宿りをさせてもらった。善右衛門は快く母屋に通してくれた。母屋の雨戸が閉じられた。母屋ばかりではない。店も引き戸が閉じられ、店仕舞いを急いでいる。

「とんだ、時節外れの野分でございます」

善右衛門はまいったまいったと連発した。

「まったくですな。すっかり、迷惑をかけてしまった」

「とんでもない、蔵間さまには菖蒲屋さんの一件でもお手を煩わせてしまったのですから」

「そのことについては忸怩《じくじ》たるものがあります。松五郎を死なせてしまいました」

「下手人は見つかっていないのですか」

善右衛門は源之助を気遣いながら問いかけてきた。

「面目なし」

源之助は唇を噛み締めた。

「蔵間さまが苦闘なさっておられるのですから、難しい一件なのでしょう」

言った時、雨戸が激しく揺れた。

「これは、当分、外へは出られませんぞ」

「厄介をかけます」

この時も源之助の脳裏を占めたのはお鶴であった。

「源太郎さまは変わらず御用に努めておられますか」

「今は、新之助と箱根に行っております」

「箱根……、それは、それは。この嵐、道中、難儀しておられなければよろしいのですが」

そうだった。源之助の心配もしなければならないところだ。それがどうしてお鶴のことを……。すぐ前に会ったからだろうか。お鶴から頼られたからだろうか。

「箱根にはどのような御用で行っておられるのですか」

善右衛門の問いかけではっと我に返った。

「江戸を騒がせておりました盗人極楽坊主の妙蓮の受け取りです」

「ほう、それは大役にございますな」

善右衛門は盛んに感心した。さすがは、蔵間さまのお血筋、そんな大役をよくぞ見込まれたものだと尻がこそばゆくなるような台詞を繰り返した。

一時《いっとき》後、風が弱まり、源之助は善右衛門が引き止めるのも聞かず、傘を借りて杵屋を後にした。

このまま今日は帰宅しよう。

決して探索に投げやりになっているわけではなく、この嵐では聞き込みもできない。探索にはならなかった。今頃、源太郎と新之助はどこいら辺りだろう。よもや、菊次郎が雇った刺客に襲われているようなことはあるまい。

しかし、そうは思っても時節外れの嵐がなんとも不吉な予感を運んでくる。

「いかん」

物事をわるい方にばかり考えるとろくなことはない。

翌六日の朝、嵐が過ぎ去り、空は一転、冬晴れの好天である。なんともそれがありがたく、日輪の恵みに感謝したくなる。

これまでの鬱屈した気分が晴れたようで、そんな自分が単純だと呆れる反面、そうでなければ、八丁堀同心の役目は遂行できないのだという思いにも駆られた。

奉行所に出仕し、詰所の前を通るとまたも緒方に呼び止められた。

「昨日はとんだ嵐でしたな」

まずは無難に天気の話をする。

「いかにも、とんだことになったものです」

緒方はにこやかに応じて後、声を潜めた。

「とんだことになったのは、この嵐、思いもかけない物をもたらしてくれましたぞ」

「それは……」

源之助の胸にも嫌でも緊張が走る。

「伏見屋の火除け地に設けられた塚が崩れ、そこから亡骸が出て来たのです」

「なんと」

「近所の者の話では主人菊次郎の亡骸ということです」

「そ、それは、まことですか」

問いかけてから緒方にはずいぶんと失礼な問いかけをしてしまったと自分を諫める。

緒方が冗談など言うはずはないのだ。

「では、菊次郎は極楽一味に殺されたということでしょうか」

たとえ、菊次郎が死んだとしても菊次郎が雇った刺客は妙蓮の命を奪うため箱根へと向かっている。よって、菊次郎の死は妙蓮暗殺には何も影響を及ぼすことはない。

それでも、あの菊次郎が……。

まさか、菊次郎が殺されたとは。

今回ばかりは予想外のことが繰り返し起きる。

これが老いというものか。

三

源之助は弱気の虫が鳴くのを諫めると、

「ならば、殺しの現場にまいります」

「いや、これは別の者に当たらせますが」

緒方はいつになく複雑な顔だ。源之助を定町廻りの一員のごとき扱いをしていることの申し訳なさと、これ以上源之助に出しゃばられてもという筆頭同心としての誇りが入り混じっているのかもしれない。

しかし、ここは引けない。

なんといっても菊次郎は自分が関わったのだ。自分と関わってからその直後に殺された。ということは、下手人の自分への挑戦にも思える。

役目に私情を挟んではならないが、かといって他人任せにすることは論外だ。

緒方も躊躇った後、源之助に任せると一任した。

冬晴れの空の下、源之助は京次を伴って伏見屋があった火除け地にやって来た。亡骸を収容した町役人によると菊次郎の亡骸は火除け地の真ん中に設けられた塚から出てきたという。

「昨日の嵐、凄かったですからね」

京次は言った。

なるほど、こんもりと盛り上がった土が崩れている。その中に菊次郎は埋められていたということだ。自分と会ったのは一昨日の晩。それから昨日にかけて殺されたということになる。

　ということは、下手人は菊次郎を付け狙っていたということか。

　早計には結論付けることはできないが、やはり下手人は極楽坊主の妙蓮の意を受けた者ということになるのではないか。

　筵が被せられた亡骸の傍らに立つと源之助は両手を合わせた。京次も仏への礼を尽くす。一昨晩の菊次郎の顔が脳裏に蘇ってきた。

　京次が傍らに跪き、そっと筵を捲り上げた。

「ううっ」

　源之助は思わず唸り声を上げた。京次も、

「むげえもんだ」

　と、言った。

　亡骸は松五郎、紋蔵と同様に咽喉を切り裂かれていた。だが、源之助が驚いたのはそのことではない。

「違う」

　思わず漏らした言葉に京次が反応する。京次は立ち上がり、

「何が違うんですか」

と、怪訝な表情で問うてくる。

「この仏、菊次郎とは違う、いや、おれの会った菊次郎ではないと申そうか」

「なんですって」

今度は京次が驚く番だった。

京次はすぐに町役人に確かめた。町役人たちは伏見屋菊次郎のことをよく見知っており、この亡骸を菊次郎に間違いないと断定した。

「この男は菊次郎だ。おれが会った男が菊次郎ではなかったということだ」

「一体、どういうことですか」

京次は戸惑いを隠すことはできない。

「わからん。さっぱりわからん。ただ、一つ言えることは、今回の事件、おれの予想外のことばかりが起きるということだ」

またしても弱気の虫が騒ぎだした。

「あっしだって、こんな事件は初めてだ。一体、何処のどいつがなんのためにこんなことしでかしているんですかね」

京次も雲を摑むような事件の成り行きにいつになく動転している。

源之助は町役人から伏見屋菊次郎が今年の葉月《はづき》、極楽坊主の妙蓮一味に押し込みに入られ、一人娘のお清《きよ》を犯され、それが元でお清が自害してから、店を畳んだという証言を得た。偽の菊次郎はそのことをよく知っていることになる。ということは、やはり、下手人は極楽一味ということか。

「菊次郎は店を畳んでから何処に住んでいたんだ」

「浅草田圃にある脊に住まいしておられたとか」

町役人はすっかり憔悴していた。世の中神も仏もないと言いたいところだろう。菊次郎は二年前に妻に先立たれ、一人娘のお清も失い、孤独な一人暮らしをしていたということだ。

「むごすぎますぜ」

京次は吐き捨てた。

「一刻も早く下手人を挙げるのが仏への供養だ」

京次に言っているが源之助は自分へ言い聞かせている。

「首を刃物で切り裂くという手口からして、松五郎と紋蔵をやった下手人と同じですね」

「そう考えて間違いないだろう」

「やはり、極楽一味でしょうか」

「ああ」

源之助ははっきり言って自信がなかった。

「でも、こんなこと言っては仏に対して申し訳ねえが、殺しってのは重ねれば重ねるほどぼろが出るってもんですよ」

京次は己を励ますかのようだ。

「その通りだ。今回、菊次郎殺しに及んで、下手人はわざわざわたしに接触してきた。その接し方たるや、妙蓮の首に懸賞金をかけたというものだ。そんなことを持ち出したということは何か深い狙いがあるのだろう」

「違いないですよ」

京次も応じる。

「しかし、偽の菊次郎はどうして本物の菊次郎を殺したのだろう。おそらくは、自分が菊次郎になりすますためだろうが」

「蔵間さま、算段が狂ったのはあっしらだけじゃありませんや。下手人だって狂ったんですよ。菊次郎の亡骸はこの嵐によって発見された。この嵐がなけりゃ、見つからなかったんじゃないですか」

「まさしくその通りだ」

源之助は思わず膝を打った。

「ということは、偽の菊次郎は亡骸が発見されたことをまだ知らないでしょう。再び蔵間さまに接触してくる可能性だってあるということですよ」

「まあ、それほど期待は持てぬがな。それでも、菊次郎の亡骸が発見されたことはしばらく公《おおやけ》にしないでおこう」

「となったら」

京次は亡骸を速やかに運び出し、塚を元通り修復するよう町役人に頼んだ。

「これで少しは進展してくれるといいんですがね。こうしてはいられませんや。聞き込みをしますぜ」

「よし、やるか」

源之助も久しぶりに気合が入った。

二人はまずここ数日、この火除け地の周辺に怪しい者はいなかったのかを確かめねばならないと考えた。幸い、思いもかけない耳よりの情報が手に入った。二日前の四日は娘お清の月の命日なのだそうだ。菊次郎は欠かさず、ここを訪れ花を供えていたのだという。

訪れる時刻は決まって夜四つ（午後十時）。その時刻にお清は自害したのだという。

「下手人はそこを狙ったんでしょうね」

「そう考えて間違いなかろう」

「つくづく卑劣な野郎だ」

「だが、それを元に考えれば、殺しの場所はここだと考えて間違いないということだ。どこか他の場所で殺してわざわざここに運び塚に埋めたわけじゃない。それこそ、大きな手間がかかるというものだからな。ここで待ち伏せ、菊次郎の喉を搔き切り、塚に埋めたに違いない。ということは」

「二日前の夜四つ前後、この辺りをうろついていた怪しい奴がいないか確かめるということですね」

京次は勇んだ。

源之助もおのずと力が入る。冬晴れの好日が二人を後押しすらした。

一時《いっとき》と経ないうちに怪しい連中が浮上した。二日前の夜四つにこの界隈で道を行ったり来たりを繰り返す男たちが見かけられたのだった。その男たちの中の一人は明らかに偽菊次郎の容貌によく似ていたのである。

「成果ありだ」

源之助は言った。

「一歩前進ですね」

京次の目も希望に溢れていた。

しかし、喜んでばかりもいられない。菊次郎殺しの下手人は偽菊次郎と目星をつけていたのだから、これは一応その裏が取れたに過ぎない。

「問題が偽菊次郎と妙蓮との繋がりだな」

「偽菊次郎は妙蓮とは敵ってことですかね」

「首に懸賞金をかけるなどというのは確かに敵の所業だ。が、これには裏があると見なければならない。となると、偽菊次郎は菊次郎に成りすましていたわけだから、懸賞金をかけるとわたしに言ったのも成りすますための一つの手法と考えればいい」

「違いございませんね」

「わたしに菊次郎と信じ込ませることが大事とは一体なんだろうな」

源之助は遠くを見る目をした。

「とんと見当がつきません」

「妙蓮を新之助と源太郎が無事連れ帰ればはっきりするかもしれぬ」

「そうだ、今頃、どの辺りでしょうね」

京次も遠くを見つめた。

四

一昨日四日の晩、源太郎と新之助は小田原城下に到った。

小田原藩の手厚い保護の元に江戸に向かうことになった。源太郎としては一刻も早く妙蓮と極楽一味を江戸へと引き立てて行きたかったのだが、何せ、大人数を捕縛したとあってその取り調べと旅立ちの手当もある。そこへ昨日の嵐により、腰を落ち着けざるを得なくなった。このため、昨日一日を小田原で過ごし、今は六日の早朝である。

大川が用意してくれた宿で休息をしていると、その大川が顔を出した。

「ひと段落しました」

大川は言った。

「お疲れさまです」

新之助が挨拶をする。

「いやあ、今回は不測の事態、わたしとしましたことが、手抜かりと申しますか」

大川は恥じ入るようにうなだれる。

「なんの、このようによくしていただいております」

新之助が返すと源太郎もうなずく。

「そうそう、北の奉行所からこのような書状を」

大川は書状を手渡した。新之助がそれを受け取り、

「緒方殿からだ」

その目は真剣味を帯びている。

源太郎も表情を引き締めた。新之助が書状を広げ、目を凝らした。

「妙蓮の首に懸賞金をかけた者がわかったぞ」

新之助は書状を源太郎に手渡した。源太郎はそれを受け取りさっと目を通す。

「伏見屋菊次郎、極楽一味に押し入られ、千両を奪われた挙句に娘お清を手籠めにされた。お清はそれが元で自害。菊次郎は店を畳んだ。なるほど、これだけの恨みがあれば、妙蓮の首に懸賞金をかけるというものです」

源太郎は言ってから、

「それにしましても、何故、父に菊次郎が接触してきたのでしょう」

「さて、それは江戸に戻ってから蔵間殿に確かめればいいさ。よし、一つ、妙蓮にも確かめてみるか」

新之助は腰を上げた。

源太郎も一緒に妙蓮が繋がれている城下の獄屋へと向かった。

青天とあって、小高い丘のような山に小田原城がくっきりと姿を刻んでいる。その姿は晴れやかで、天守閣のない城下町といえる江戸で育った者には羨ましく映った。

「いいもんですね」

源太郎は城を見上げながら言った。

「そうだな」

新之助もしばし見入ってから、妙蓮が預けられている自身番へと向かった。

「伏見屋菊次郎を知っているな」

新之助が尋ねた。

妙蓮は縄を打たれたまま横を向き念仏を唱えていた。

「どうなんだ」

源太郎が畳み込む。

妙蓮は念仏を終えこちらを向いた。

「覚えてない」

その顔には薄ら笑いが浮かび源太郎を呑んでかかっていた。目元を厳しくした源太郎を新之助が制し、

「神田明神下の質屋だ。おまえたちは、押し入り、千両を奪った挙句、娘を手籠めにした。娘は気が変になり自害した。菊次郎は店を閉じたんだ」

「ああ、あれか」

さもようやく思い出したと言いたげに妙蓮は目をぱちくりとさせた。

「なにが、あれか、だ。菊次郎は娘と店を失ったんだぞ」

源太郎は怒りを露わにした。

「おい、おい、そこんとこ、正確に言ってくれ。おれたちは、伏見屋に押し入り盗みを働いた。ついでに娘も可愛がってやったさ。でもな、娘が死んだのはその後だし、菊次郎が店を閉じたのはさらにその後だ。おれたちが娘を殺したわけでも、店を潰したわけでもねえ」

妙蓮はうそぶいた。

「おまえ、よくも、そんなことが言えるな！」

源太郎は妙蓮の襟首を摑むと激しく揺さぶる。

「やめろ。おれは本当のことを言っているんだ」

妙蓮はしれっと返した。

「やめておけ、こんな男、人の心を失っておるのだ」

新之助の口調は冷めている。妙蓮はその言葉ににやついた。

「ともかく、菊次郎が逆恨みをしておれの首に懸賞金をかけたってことだ」

妙蓮のこの傲慢な物言いに最早源太郎の怒りも湧かなくなってしまった。

たとえ役目とはいえ、こんな極悪人の身を江戸までの間、守らなくてはならないということにふと疑問を感じてしまう。

これも役目なのだ、と自分に言い聞かせる。

だがそれでも自分を抑えることができるだろうかという強迫観念を引き起こしていた。

「ま、懸賞金につられた連中は無事、撃退できたんだから、めでたし、めでたしだ」

源太郎の心の葛藤を逆撫でするように妙蓮は言う。

「江戸までの間に襲ってこなければいいがな」

そう言ってやることがこの悪党へのせめてもの仕返しと言えた。

「いいさ、首があるのはせいぜい数日だからな」

妙蓮が一向に動じないのが恨めしい。

「強がり言ってろ」

源太郎はそれだけ言うとぷいと横を向いた。

新之助と源太郎は自身番を出た。そこでふと新之助が言う。

「それにしても、菊次郎はどうして妙蓮の懸賞金をかけたことを蔵間殿に告げたのかな」

「自分の存在を示したかったからではないのですか。つまり、あの世の娘に自分が仇を討ってやるぞと示すということでは」

「それなら、娘の墓前に報告すればいいのではないか」

「それもそうですが」

源太郎は声が細まり、それから口の中で何やらもごもごとやっていたが、結局返す言葉は出てこなかった。

「ともかく、小田原藩の援助で、万全の警備体制だ。それにこれからは東海道を江戸に向かう。箱根の山中と違っておいそれと行列を襲うことなどできはしない。菊次郎には気の毒だが、妙蓮を殺させるわけにはいかん。どのような悪党であれ、裁きなく殺すわけにはいかん」

それは源太郎を諭しているようでもあった。

「わかっております。わたしとて、町方の御用を承る身でございます」

源太郎は唇を噛んだ。

「ならば、江戸まで一直線だ」

新之助は明るく言った。

「そうですね」

「そうだとも。いいか、妙蓮ばかりか一味も捕縛したんだぞ。大きな土産を持ち帰ることになるんだ」

「凱旋ですね」

源太郎も頬を緩めた。

「油断するな。勝って兜の緒を締めよだ」

新之助の言葉に源太郎も高ぶる気持ちを静めにかかった。

六日の夕刻、源之助は帰宅した。

母屋の居間に美津が来ていた。

「お帰りなさいませ」

美津が三つ指をつく。

「源太郎、明後日の昼には戻って来るそうだ」

源之助は奉行所に報せが入ったと告げた。

「そうですの」

美津は表情を明るくしたが、自分には報せがなかったことにわずかながら不満を滲ませた。

「きっと、照れておるのだ」

源之助は優しく言った。

「そうでしょうか」

美津は珍しくすねて見せた。

「この嵐だったのです。わたくしが心配していることくらいわかりそうなものなのに」

美津は言ってから、笑顔を弾けさせ、

「などと、不満を申してはいけませんね。でも、ちょっぴり不満を言ってみたくなりました」

「ま、いいだろう。美津殿、たまにはその不満、源太郎に言ってやれ」

「でも」

美津が躊躇うと、

「言ってやったらいいのですよ」

久恵が美津に言った。これには美津も源之助も驚きの表情を浮かべた。久恵は動ずることなく、

「わたしは言えませんでしたから」

と、付け加えた。

美津が笑顔を弾けさせたが源之助は苦い顔を浮かべるしかなかった。

五

翌々八日の昼、源太郎と新之助が妙蓮と極楽一味を引き立てて来た。奉行所で手続きを行い、ほっと一息を吐いた。

「これで、役目完了だ」

新之助がやれやれといった調子である。源太郎も頬を緩めた。

緒方がやって来た。

「ご苦労だったな」

緒方のねぎらいの言葉に源太郎も新之助も思わず笑みを広げた。

「一時はどうなるかと思いましたが」

新之助がこれまでのこと、特に箱根山中でのことを報告した。

「やはり、賞金稼ぎども襲ってまいったのか」

緒方が訊くと、

「伏見屋菊次郎、今はどうしておりますか」

源太郎の問いかけに、

「死んだ……。殺された」

源太郎と新之助はお互いの顔を見合わせ絶句した。そこへ、源之助がやって来た。

源之助は二人の労をまずはねぎらった。それから、菊次郎のことを話した。

「偽の菊次郎ということですか」

新之助が驚きの声を上げる。

「そういうことだった」

「すると、極楽坊主の妙蓮一味が菊次郎に扮したということでしょうか」

源太郎が言った。

「おそらくはな」

「何故、そのようなことをしたのでしょう。そこが、まったく解せません」

「解せないのはそのことばかりではない。今回の一件、まことに理解できないことばかりだ。極楽坊主の妙蓮に引きずり回されているようだな」

源之助は眉間に皺を刻んだ。

「ですが、極楽坊主の妙蓮は捕えられているのです。トカゲの頭さえ確保すれば、あとは尻尾です」

源太郎が言った。

「なるほど、尻尾な」

源之助も応じた。

「残る一味を草の根わけても探し出さねば」

新之助が言った。

「そうじゃな。定町廻りを動員する。それと、捕えた妙蓮の口を割らせる。そうすれば、一味の行方もわかるというものだ」

緒方が言った。

「これから気を入れ直し探索に当たります」

源太郎が返すと、

「牧村も源太郎も今日はこれでよし。帰るがよい」

緒方が気遣いを示してくれた。

「いえ、わたしはこれから聞き込みに回ります」

源太郎は勇んでいる。

「おまえなあ、そう無理をせずともよい」

緒方は源太郎の肩をぽんぽんと叩いた。

それでも源太郎の張り切りようは尋常ではなく、結局、一味の人相書きを持ち、町へ飛び出して行った。新之助はさすがに今日は帰ると帰宅した。

張り切る源太郎だったが、気負いとは別に成果は上がらなかった。

第六章　寒月の再会

一

夕暮れ時、源之助は越中橋に到った。

暮れなずむ越中橋は師走の喧騒が始まったのか、人通りが絶えない。その中にお鶴の姿があった。寒風にかじかむ手に息を吹きかけながらたたずむ様子はいかにも心細げで声をかけずにはいられない。

近づくに従い源之助に気が付いた。茜《あかね》に染まるお鶴の顔が輝きを放った。

「どうした、こんな所で」

自分を待っていたのだろうと思ってもそう問いかけた。

「わたし、怖いのです」

お鶴の口から白い息と共にか細い声が吐き出された。話してみようという問いかけを今度は目でした。

「家の周りを、怪しい男がうろうろしているのです」

ひょっとして極楽一味、源之助の脳裏には偽菊次郎の顔が浮かんだ。

「こんなところではなんだ。そうだ、この先に自宅がある。そこで話を聞こう」

「いえ、わざわざ、御屋敷にお伺いすることはできません」

「遠慮はいらぬ」

「蔵間さまの御宅ではかえって気を遣ってしまいます」

「かと申して、この近くでとなると」

目につくのは縄暖簾だが、若い女と二人で暖簾を潜るのはどうかと思う。この界隈の者が立ち寄ったりもするのだ。となると、

――あそこしかない――

偽菊次郎に連れて行かれた小体《こてい》な料理屋。あそこなら、人に見られることはない。

「ならば、この近くに手頃な店がある」

お鶴が小さく首肯するのを確かめ、源之助はさっと踵を返した。小路を通り、突き当たりの家の玄関へと到る。格子戸を開けると女将のお萬が出て来た。

お萬は戸惑い、料理にまったく箸をつけてくれなかったので、二度と来てはくれないと思っていたと言った。

「空いているか」

「はい、どうぞ」

お萬はちらっとお鶴に視線を向けた。お萬の顔に思わせぶりな表情が浮かぶ。きっと、男女の逢瀬とでも勘繰っているのだろう。そう思われても仕方がない。ここで言い訳をすると余計に怪しまれると思い、

「ここなら、じっくりと話ができる」

と、大きな声で言った。それがせめて、怪しい関係ではないことを言い立てたつもりだ。

「料理はいかがしましょうか」

「適当に頼む。それから、酒はいらん」

源之助はちらっとお鶴を見た。お鶴はこくりとうなずく。お萬が下がり、

「では、話を聞こう」

「怪しい男がわたしの家の周りに出没しています」

「まあ、先だっては」

「どんな男だ」

源之助は偽菊次郎の顔を思い浮かべながら問うた。お鶴が語る男の容貌、右瞼の黒子はまさしく偽菊次郎である。

「わたしは、その男とここで会った」

「まあ」

お鶴は恐怖に顔を引き攣らせた。

「あの男、妙蓮と関わっているのでしょうか。一味ということなのでしょうか」

「おそらくはな」

「蔵間さま、お助けください」

お鶴は恐怖の余り、源之助に身を持たせかけてきた。その時、襖が開き、

「お待たせしました」

お萬が膳を運んで来た。それからはっとしたように、

「失礼しました」

いかにも慌てたように襖を閉じる。

「いや、違う」

源之助は取り繕おうとしたが、言い訳を並べては益々深みに嵌《はま》ると言葉をつぐんだ。

お鶴はぱっと身体を離し、顔を赤らめた。

「伏見屋菊次郎を騙った男、おまえを狙っておるのだとしたら、その男こそが松五郎と紋蔵を殺した下手人かもしれんな。そして、極楽一味ということだろう」

言った途端に疑問が生じる。

偽菊次郎は何故妙蓮の首を狙ったことをわざわざ源之助に伝えたかということだ。妙蓮の首を獲る。

この企て自体は本物の菊次郎による企てであったのかもしれない。菊次郎は娘お清を殺された恨みによりそれを計画した。偽菊次郎はなんらかの方法でその企てを摑んだ。そこで、菊次郎を殺し、菊次郎に成りすまして源之助に接近した。源之助を通じて、懸賞金目当ての一味が妙蓮を襲撃することを箱根の関所に知らせようとした。間に合うかどうかはわからない。それでも、報せようと思ったのだろう。

一応筋は通っている。

ところが、妙蓮は菊次郎の企てからは守られたが、仲間による妙蓮奪還はうまくいかなかった。

妙蓮を奪い返すことができず、妙蓮を売った松五郎への復讐を偽菊次郎が行っているということか。

「放ってはおけんな」

源之助は言った。

「わたし、どうすれば」

お鶴はわなわなと震えた。

「我が屋敷にまいれ」

「それはできません」

お鶴は首を強く横に振る。

「しかし、あまりに危険だ」

「あの、一つ、お願いが」

お鶴はおずおずと申し出た。

「申してみよ」

「わたしを使ってください」

「使うとは……」

「わたしを囮に使ってください」

お鶴の目が真摯に凝らされる。

「冗談申せ」

「いいえ、冗談ではありません。うちの人の仇を討ちたいのです。蔵間さまが申されたように、わたしが見かけた男が下手人に違いございません。ですから、わたしを囮にして下手人を捕えていただきたいのです」

お鶴は訴えかけるように両手をついた。

実際、それが下手人捕縛の近道であることは明らかである。しかし、いかにも危険だ。

「わたしは大丈夫です。蔵間さまがきっと守ってくださいます」

お鶴からは堅固な覚悟がひしひしと伝わってくる。その決意に源之助の心も動いた。

「よかろう」

源之助は静かに告げた。

「ありがとうございます」

お鶴は頭を下げた。

「ならば、早速、今日からだ」

腹が減っては戦はできぬとばかりに食膳に箸をつけた。今更に気が付いたのだが、膳には松茸の土瓶蒸しがある。松茸の香りに思わず笑顔がこぼれ、お鶴が源之助の健啖ぶりを目を細めて見守った。

その頃、源太郎は八丁堀の屋敷へと戻った。

「お帰りなさりませ」

美津の弾んだ声に迎えられた。

「ただ今、戻った」

「御役目、ご苦労さまでございます。大変でしたね。こちらも嵐は凄かったのですよ」

「運よく、小田原の城下で嵐に遭遇した。もっとも、箱根の山中ではえらく吹雪かれたが」

美津は源太郎から大刀を預かると居間へと向かった。

「箱根の山中では大変でございましたね」

「一味や賞金稼ぎたちから襲われた」

「まあ……。お怪我はございませぬか」

美津は興味津々の目をした。女だてらに武芸をたしなむ美津にすれば、その時の様子が気になって仕方がないのだろう。いかにも話してほしそうな顔をしている。

「色々、話はあるが、まずは湯屋へ行く。少々疲れた」

「これは失礼しました」

美津はすぐに支度をした。

源太郎は八丁堀にある亀の湯へとやって来た。脱衣所で着物を脱ぎ、乱れ籠に放り込む。下帯一つとなった身体には寒さが身に染みて仕方がない。早く湯船に身を浸したいとざくろ口を潜った。もうもうとした湯煙の中、足を滑らせないよう腰を屈めると箱根の山中を思い出した。

――この手で人を斬った――

改めて自分の手を見る。斬った時の感触が蘇り、それを振り払うように掛け湯をして湯船に身を浸した。浸してみると、

「ううっ」

思わず息が漏れた。まさしく、身体の芯まで温まるようだ。

「極楽、極楽」

口に出してからこれは妙蓮の台詞であったと己を諫めた。薄暗がりの中、湯船は大きく揺れた。せっかく熱い湯に慣れたと思ったのにと不愉快な顔をすると、

「源太郎、ご苦労だったな」

矢作兵庫助である。

「これは、兄上」

恐縮して湯船の隅に異動する。

「妙蓮どころか、襲ってきた極楽一味を残らずお縄にしたそうではないか」

「まあ、たまたまです」

「たまたまできる手柄ではないぞ」

「しかし、妙蓮の手下はまだ江戸で活動しているようなのです」

「それはおれも耳にする」

矢作は湯で顔を洗った。

「極楽一味の動き、いかにも不穏なものを感じます。一味を残らずお縄にしない限り、役目は終わらないものと思います」

「連中、トカゲの尻尾とはいかぬか」

「尻尾であろうと極楽一味であることに変わりありません。それに、妙蓮が奪った金や財宝も回収せねば」

「それはそうだ」

矢作の表情も引き締まった。

二

明くる九日、源太郎と新之助は極楽坊主の妙蓮に対する吟味を任された。緒方からは、妙蓮を鈴ヶ森《すずがもり》の刑場に送る前に極楽一味が奪った金や財宝をできる限り回収せよと申し渡されている。

新之助も源太郎もそのつもりだ。しかし、意気込みとは裏腹に二人は不安で胸を塞がれている。特に源太郎は箱根の山中で妙蓮と言葉を交わし、そのふてぶてしさを痛感しているだけに、妙蓮があっさり口を割るとは思えなかった。

いや、初めから諦めては駄目だと自分に言い聞かせる。

妙蓮は小伝馬町の牢屋敷から奉行所の吟味所へと引き立てられてきた。吟味方与力が吟味を加える前に、源太郎と新之助が妙蓮から供述を引き出すことが役目とされた。

小白洲と呼ばれる与力の吟味所だが、与力は立ち会っていない。白洲に敷かれた筵に縄を打たれた妙蓮が引き据えられ、その前に床几《しょうぎ》を二つ並べて、源太郎と新之助が取り調べを行った。

二人の顔を見ても、

「ご苦労なこったな」

妙蓮は相変わらずふてぶてしいことこの上ない。新之助が、

「おまえ、時を経ることなく、地獄へ行くことになるぞ」

と、まずは言葉をかけた。

あまりに開けっ広げな新之助の言葉であるが、今更、どう取り繕おうが妙蓮が死罪を免れないのは自明の理である。そのことは、当然、妙蓮にもわかっているだろう。

「だから、なんだよ。今更、何を調べようっていうんだ」

妙蓮はそっぽを向いた。

「他でもない、おまえが奪った金銀財宝についてだ。それの在り処を吐くのだ」

新之助は駆け引きをすることなく、真っ向から問い質した。これには妙蓮も意外だったようだ。

「旦那、あんた、よっぽどおめでたいのか、それとも、おれをからかっていなさるのかい。そんなこと訊かれて白状するはずがなかろうってんだ。なあ、一体、おれに何の得があるんだ。隠し場所を白状したら、罪一等を減じてくれるのかい」

妙蓮は薄笑いを浮かべた。

新之助はきっぱりと首を横に振った。

「ふん、なんだそれ」

妙蓮は鼻で笑った。

新之助は改めて妙蓮を見据えて言った。

「だがな、あの世でおまえの罪は減じられるかもしれんぞ。いくら、金を持っていようが、あの世へは持って行けまい。どのみち持って行けないものを、この世に残しておくこともなかろう」

新之助は努《つと》めて冷静な口調になった。

「そうでもねえぜ。地獄の沙汰も金次第って言うからな」

「閻魔大王に金を贈るのか」

「そうさ」

「そんなことができるものか」

「やってみせるぜ」

妙蓮は声高らかに笑った。つくづく、食えない奴である。

「どうあっても、吐かぬか」

新之助は顔を歪めた。

「ああ、おれは、好き勝手やってきたさ」

「しかし、御仏へ仕える道を進むことも考えたのだろう」

「おれの親父は貧乏御家人だった。だから、口減らしに寺へやられたんだ」

「僧侶の道を進んだのは偽りだというのか」

「仏の嘘を方便《ほうべん》という、坊主になったのはおれにとっちゃあ、方便ってわけよ」

妙蓮のしたり顔が憎々しげに二人の目に映る。

「根っからの悪党だな、おまえって男は」

その言葉は新之助が匙を投げたことを窺わせるものだった。妙蓮はまるで勝ち誇ったかのように、笑みを深めた。

「旦那、そういうこった。おれは、白状する気は毛頭ねえ。だから、こんな無駄なことはやめてくれ。さっさと、打ち首にでも磔《はりつけ》にでもしな」

新之助は舌打ちをした。と、突如源太郎が床几から立ち上がった。

「おまえ、お上を愚弄するか」

源太郎はいきなり妙蓮を足蹴にした。妙蓮は仰向けに倒れた。突然の源太郎の強硬姿勢に新之助も呆気にとられたが、

「やめておけ」

と、源太郎を止めにかかった。仁王立ちとなった源太郎は眦《まなじり》を決し、凄い形相となっている。

「吐け」

源太郎は身体を起こした妙蓮の顔を殴った。妙蓮は口の中を切り、唇に血を滲ませた。

「やめろ、こんな奴、まともに相手をするな」

新之助が源太郎を引き止める。しかし、源太郎は聞く耳を持たない。

「白状するんだ。お上を舐めるな」

源太郎はより一層激しく妙蓮を殴ったり、足蹴にしたりした。

「やめろ！」

ついには新之助が怒鳴りつける。源太郎は新之助を睨み返した。

「牧村さんは悔しくないんですか。こんな男に馬鹿にされて」

源太郎の目には悔し涙が滲んでいた。

「悔しいさ、でもな」

新之助が言葉を継ごうとした時、

「温《ぬる》いんですよ」

源太郎が放ったこの言葉は新之助の表情を変えさせた。

「なんだと」

新之助の目が暗い光を帯びた。

「温いって言ったんですよ」

「おれの取り調べが温いというのか」

「こんな悪党に手心を加えてどうするんですか」

源太郎は口角泡を飛ばさんばかりの勢いで言った。

「よくもそんなことを……。おまえ、いつからそんな口を利けるようになったんだ」

「見習いの分際でと言いたいんですか」

「そういうことだ」

新之助も最早遠慮というものはない。

「大事なのは実績ですよ。おれは、こいつの口を割らせる」

言うや源太郎は再び妙蓮を足蹴にした。妙蓮の目が凝らされる。源太郎の態度に恐怖とまではいかなくとも不安を抱いたようだ。新之助が、

「おまえ、力づくで口を割らせようというのか」

「そうでもしなきゃ、白状するような男ではないでしょう。牧村さん、こいつを拷問

にかけましょう」

源太郎は妙蓮を見据えた。

「我らの裁量で拷問はできぬぞ。これは手温いという問題じゃない」

「わかってますよ。いくらわたしが見習いでもそれくらいのことは知っています。拷問は我ら同心の宰領ではできません。ですから、牧村さん、拷問にかけられるよう、上申《じょうしん》してください」

源太郎は一歩も引くまいと新之助に迫った。二人のやり取りを窺っていた妙蓮が口を開いた。

「たとえ、拷問にかけられたって、おらあ、白状なんかしねえぞ」

新之助はそれを聞き流したが、いかにも困ったような表情を浮かべたのは、妙蓮の言葉を受け入れるつもりはないが、拷問で白状させられるか危惧しているからだろう。拷問は非常手段。拷問することなく、自白させるのが与力、同心の腕だと評価されている。

極楽坊主の妙蓮という大物の裁き、世間の目が集まる。安易に拷問に走ってはならぬと新之助は思っているのかもしれない。

「それはどうかな。拷問はきついぞ。どんな悪党だって、いっそ、殺してくれと泣き叫ぶんだ」

源太郎は妙蓮の顔を覗き込んだ。

「ふん」

妙蓮は横を向いたが、明らかに目には動揺の色が走った。

「楽しみだな」

源太郎はにんまりとした。それから新之助に、

「ならば、早速、拷問の上申をしてください」

新之助は気圧《けお》されるようにうなずくと、吟味所から出て行った。妙蓮と二人になったところで、

「白状するなら今のうちだぞ」

と、声をかける。

「誰が、白状なんか……」

強気の姿勢を崩さない妙蓮ではあるが、これまでとは違い、源太郎に恐れのようなものを抱いているようだ。それを示すように妙蓮は源太郎の機嫌を取ってきた。

「若いの、やけに頑張っているじゃねえか。先輩相手によくぞそこまで言えたもんだと感心したぜ」

「おまえに褒められてもうれしくはない」

源太郎は突き放したような物言いをした。

「まあ、そう言わずに聞いてくれよ。お役人ってのは、いや、坊主もそうだったが、とかく、上の者には弱いんだ。ぺこぺことしやがって、それで、どうにか渡っていこうって輩ばかりさ」

「それがどうした」

「だが、あんたは違う。信念ってものを持っていなさる」

妙蓮はいつの間にか源太郎に対して言葉遣いまで改めた。

「おれに追従を言ったって、なんにもならないぞ」

「わかってるさ」

妙蓮はにんまりとした。

源太郎は妙蓮の顔を覗き込み、

「おれの役に立ってもらおうか」

と、思わせぶりに言った。

妙蓮も黙ってうなずいた。

「五百両だ。五百両くれたら、おまえを逃がしてやる。その代わり、金の在り処まで案内しろ、これが条件だ」

源太郎は静かに告げた。

「本気か」

妙蓮の生唾を呑む音が小さく響いた。

三

「嫌になったんだ」

源太郎は大きく伸びをした。

「どうした心変わりだ」

「おれの親父も八丁堀同心だ。かつては鬼同心と恐れられていた。ところが、ほんの一度のしくじりのお蔭で左遷されてしまった。あまりに暇な部署ゆえ、居眠り番などと揶揄されている。そんな親父を見ていると、いつの日にか自分もああなってしまうのかと、嫌になってきてな」

源太郎はげんなりとした顔をした。

「なるほどな、それで、おれを逃がして、金をってことか」

「小伝馬町の牢屋敷までおまえの身柄は移される。その時、逃がしてやる」

「うまくいくか」

妙蓮は危ぶんだ。

「そこをうまくやるさ」

「できるか」

妙蓮は危ぶんでいる。

「どうした、怖《お》じ気《け》づいたのか。おまえは、どのみち死罪を免れんのだ。ここは、一発賭けてみようとは思わんのか」

「あんた、いいこと言うぜ。そうだ、ここは一か八《ばち》かだ。おれも腹を括った」

「おれもさ。もし、おれがおまえのことを逃がした、もしくは逃がそうとしたなんてことがばれたら、おれ一人じゃない。女房も親父もおふくろも罪を免れん。蔵間家は断絶だな」

源太郎はまるで他人事《ひとごと》のような言い方をした。

「あんた、女房がいるのか」

「ああ」

「いい女か」

ここで妙蓮の目にふとした感情の動きを源太郎は感じた。

「おまえにだって、女房は……」

「おれは坊主だ。女房はいない」

妙蓮は即座に否定した。

「こんな時に坊主を持ち出すのか」

「おれは破戒坊主だがな、女房は持たなかった。坊主をやめてもな」

「女房はいなくとも、愛しく思う女はいるんじゃないのか」

妙蓮は遠くを見る目をしたが、力なく首を横に振った。

「ま、いい。それよりも、おまえ、しくじるな。きっかけは、厠だ。いいか、とうまる駕籠に乗せられたら、護送される途中で厠に行きたくなったと訴えろ」

「わかったぜ」

妙蓮は首肯した。

「もっとも、びびって、とうまる駕籠の中でちびるんじゃないぞ」

「おれを誰だと思ってるんだ。ま、任せな」

「おまえのお蔭でいい夢が見られそうだ」

「あんたとは縁があったってことだ」

妙蓮は哄笑を上げた。

そこへ、新之助が戻って来た。源太郎は即座に表情を変え、厳しい顔つきとなって、

「拷問されてひいひい泣きわめくのが楽しみだ」

妙蓮に罵声を浴びせた。

「緒方殿が与力さまに掛け合ってくださる」

新之助は言った。

「早くやりましょう」

源太郎は勇み立った。

「まあ、そう、焦ることはない」

新之助に宥められ源太郎は口を閉じた。中間と小者が、妙蓮を引き立てた。吟味所で源太郎と新之助は向かい合った。

「おまえ、馬鹿に気負っておったな」

新之助は苦笑を漏らした。

「先ほどは無礼なことを申しまして、まことにすみません」

源太郎は先ほどまでの剣幕はどこへやら、しおらしく頭を下げた。

「謝らなくてもよい。職務熱心から出たことだろう」

「それが」

ここで源太郎を声を潜めた。

「どうした」

新之助も慎重な物言いとなった。

「実は、大芝居を打とうと思っています」

「芝居……」

「妙蓮を逃がしてやるんです。逃がしてやり、あいつが隠した財宝の所まで案内させるんです」

源太郎は妙蓮と取り引きしたことを話した。新之助は呆気に取られたように口を半開きにしていたが、

「おまえ……。あれも芝居だったのか。おれの取り調べが手緩いだのどうのとけなしていたこと、それも、芝居だったのか」

「まあ、そんなところで」

源太郎はばつが悪そうに頭を掻いた。

「おまえって、奴は」

新之助は呆れながらもやがて笑みを浮かべた。

「よくもまあ、おれまでも欺いてくれたものだな」

「敵を欺くには味方からと申します」

源太郎はけろっと返した。

「いや、大したものだ。おまえ、箱根行きで一皮剝けたな」

「そうでしょうか」

源太郎は表情を引き締めた。そこへ、緒方がやって来た。このことを緒方に内密に行うわけにはいかない。それを知らない緒方が、

「与力さまから、なるべく、拷問に頼らず妙蓮の口を割らせたいというご意向なのだがな」

いかにも困ったというような顔つきである。

「それが」

新之助は源太郎の顔を見ながら、源太郎が描いた企てを話した。緒方の目が興味深くしばたたかれた。

「おまえ、よくぞそんなことを考えたものだ」

緒方は源太郎の大胆さに舌を巻いたようだ。

「こいつ、一皮剝けたのですよ」

「さすがは、蔵間殿のお血筋だ」

緒方は感心したように何度もうなずいた。

「わたしのことはともかく、この企て、なんとしても成し遂げねばなりません」

源太郎は力強く言った。

「おまえ、抜かるな」

新之助が言った。源太郎は力強くうなずく。

「よもやとは思うが、相手は妙蓮だ。どうしようもない悪党だ。おまえの策に乗ったと見せかけて、自分だけ逃げ、場合によってはおまえの命を奪うやもしれん」

新之助の心配は緒方も同様に感じていたようで深々とうなずいた。

「そうなれば、本望」

源太郎は決して強がりではなくそう言った。

「馬鹿、そんなことは絶対にあってはならん」

緒方がいつになく怒りの表情を浮かべた。

「わかりました、念を入れてことにあたります」

源太郎も殊勝に応じた。

妙蓮を乗せたとうまる駕籠は日がとっぷりと暮れた頃、奉行所を出た。駕籠の両脇を源太郎と新之助が付き添う。前後には中間《ちゅうげん》小者が四人従った。

呉服橋を渡って左に折れた所で、

「で、おれの拷問はいつになったんだい」

妙蓮は大あくびをしながら問いかけてきた。

「いつでもいいではないか」

新之助が鬱陶しそうに答える。

「決まっていないんだろ」

妙蓮の見透かしたような問いかけに、

「拷問がある日まで生きながらえることができるとでも思っているんだろう」

源太郎は意地悪く言い、駕籠を蹴とばした。

「おい、余命いくばくもないおれだぜ。そう、乱暴にしちゃあ、いくらなんだって、勘弁ってもんだ」

「ほざけ」

もう一度、源太郎は駕籠を蹴とばした。

駕籠は御堀に沿って進み、やがて日本橋の高札場に到った。夜の帳《とばり》が下りているため、昼間の喧騒とは別世界の静けさだ。高札場を左に通り過ぎ、日本橋を渡ると河岸を江戸橋に向かって進んで行った。道々、縄暖簾や夜鳴き蕎麦の提灯の灯りが闇に滲んでいる。

「蕎麦、食わせてくれよ」

妙蓮が言う。

「馬鹿」

源太郎は取り合わない。

「いいじゃねえかよ。腹の虫が鳴いているんだ」

「牢屋敷に戻れば、飯もあるさ」

「飯の時刻は過ぎてしまっているぜ」

妙蓮はいかにも不服そうに鼻を鳴らした。

「なら、今晩は飯抜きだ」

源太郎は平然と返した。

「そりゃねえよ。飯だけが楽しみなんだから」

妙蓮は不満を並べたが源太郎も新之助も相手をしなくなった。

駕籠は江戸橋の袂を左に折れた。夜の闇が濃くなる。妙蓮は大きく伸びをすると、

「しょんべんだ」

と、素《す》っ頓狂《とんきよう》な声を上げた。

四

「しょんべんだって言ってるだろう」

妙蓮は身体を揺すった。駕籠かきが困ったように舌打ちをする。源太郎が、

「牢屋敷まで我慢しろ！」

と、大声で怒鳴りつけた。

「我慢できねえ、なんならここで漏らそうか」

「うるさい」

源太郎が返したところで、

「よかろう」

新之助が応じた。

「牧村さん、甘やかさないでください」

源太郎は口を尖らせた。

「ここで漏らされたら迷惑だ」

新之助は駕籠かきに止めるよう命じた。駕籠が下ろされた。

「出物腫れ物、所、嫌わずだ。若いの、しっかり先輩を見習うんだぜ」

妙蓮は駕籠から下ろされた。縄を新之助が持つ。それを、

「わたしが、連れて行きます」

強い口調で源太郎が縄を奪う。新之助はたじろいだようにおまえに任せると言った。

妙蓮は口笛を吹きながら本江町《もとえちょう》の路地を入って行った。新之助たちの目から見えなくなったところで、

「恩に着るぜ、若いの」

と、立ち止まった。

「声が高い」

「おっと、すまねえ、なら、これ、解いてくんな」

「駄目だ」

「逃げやしねえよ」

妙蓮はむくれる。

「お互いのためだ。こうしていれば、町中を歩いていても、おれがおまえをお縄にし

て引き立てるところだと、言い逃れができるからな」

「なるほど、うめえこと考えたもんだな」

妙蓮は感心したようにうなずくと、足を速めた。

「どこまで行く気だ」

「神田明神下だ」

妙蓮の声は娑婆《しゃば》に出られるという期待のためか震えていた。

「そこに財宝があるのか」

「そう、急かすなって、行けばわかるってことだ」

妙蓮はおかしそうに笑った。

「念のため申しておくが、おれを裏切るような素振りでも見せたら、即座に斬るからな。おまえが逃亡した。だから、斬った。多少のおとがめは受けるかもしれんが、おれは助かる」

「あんた、見かけによらず、悪党だな」

「悪党に悪党呼ばわりされる覚えはない」

源太郎は鼻で笑った。

その頃、新之助は妙蓮と源太郎が戻って来ないことに、焦りを募らせる芝居をしていた。

「遅いな」

中間たちも、

「探してまいりましょうか」

と、焦りの表情を浮かべた。

「そうだな」

新之助に言われ、中間たちは路地に分け入った。

「妙蓮の奴、糞でもたれているのか」

新之助は冗談めかした。

源太郎は妙蓮の縄から手を解くことなく、慎重に後を追う。いくら妙蓮でも、身に寸鉄も帯びていないとあれば、たとえ、抵抗されても、十手で打ち据えることはできる。それにしても、神田明神下とは、何処かで聞いたような。

源太郎と妙蓮は路地を神田川方向へと進んだ。夜空には上弦の月が皓々《こうこう》と冴えている。途中、火の用心の掛け声と拍子木を打ち鳴らす乾いた音が寒空を震わせている。

「火の用心」という声も心なしか寒さに震えている。だが、源太郎は寒さを感じない。というよりは、役目が重圧となって押し寄せてきて、寒さを感じるゆとりがなくなっているのだ。

粗末な木綿のお仕着せ姿の妙蓮も寒くはないようだ。

前方から火の廻りの連中が近づいて来た。縄を打たれた妙蓮を見て、一瞬、立ちすくんだが源太郎を見ると、

「ご苦労さまでございます」

と、丁寧に挨拶をしてきた。

「火の廻り、しっかり頼むぞ」

源太郎も声をかけすれ違った。

源之助は神田明神下にある米問屋の長屋の木戸に立っている。この長屋にお鶴の住まいがあるのだ。お鶴が囮を申し出てから昨夜に引き続きやって来た。

お鶴は宵四つになると、長屋を出て湯屋に行く。その際、同じ町内にある湯屋には行かず、四町ほど歩いた湯島一丁目の湯屋へ通った。わざと、夜湯屋に向かい、申し出た囮の役目をしているのだ。

お鶴の湯屋への行き帰りを源之助は見張っている。偽菊次郎、おそらくは妙蓮の手下がお鶴に刃を向ける瞬間を絶対に逃すまいと片時も目を離さない。といっても、湯屋にまで行くことはできないため、お鶴が湯に入っている間は向かいの柳の木陰に身を潜めていた。歩いている時には寒さも凌げるが、立っているだけとなると、嫌でも寒風にさらされ、かじかむ手を揉み、地団駄《じだんだ》踏んでしまう。

源之助が待っていることを気にして、お鶴は早めに湯をすませるのだが、自分はいないものと思えと言ってある。

今夜あたり、偽菊次郎は姿を見せるのではないか。そんな気がしてならない。そう思い、身を引き締めた。

やがて、湯屋からお鶴が出て来た。

髪を洗ったらしく、肩まで垂らしている。お鶴はちらっと源之助に視線を送った。源之助は目で合図をして、黙ってお鶴の後を追う。月光に洗い髪が漆黒に艶めき、距離を置いているにもかかわらず、甘い香りに鼻孔をくすぐられるようだ。

お鶴なりの配慮だろう。源之助が見失うことがないよう、そして、偽菊次郎をおびき寄せることができるよう、ゆっくりと一定の歩調で歩いて行く。

やがて、左手に火除け地が広がってきた。伏見屋の跡地である。お鶴は何を思ったのか、火除け地へと入って行った。

源之助の胸が騒いだ。

――どうしたのだ――

源之助も足音を忍ばせながら入って行く。皓々と冴える寒月を浴び、お鶴は塚の前に蹲っていた。

伏見屋の名残《なごり》を留めている松の木陰でそれを見ていると、お鶴は両手を合わせていた。先日の話でお鶴は妙蓮の犠牲となった菊次郎とお清に同情を寄せていた。きっと、二人の冥福を祈っているということか。それに、偽菊次郎、伏見屋菊次郎を名乗ったからには伏見屋縁《ゆかり》の血に執着があるのかもしれない。

偽菊次郎をおびき寄せるにはまたとない場所ではある。

源之助も松の木陰から菊次郎とお清の冥福を祈り、周囲に目を配った。

お鶴はお参りをすませると腰を上げた。それから更に奥へと向かう。お鶴の住んでいる長屋はこの火除け地を突っ切った先にある。いつもは、不用心だからと通りを歩いていたのだが、今日は野原を抜けて行く気だ。危険を承知、きっと、それだけの覚悟で臨んでいるのだろう。

源之助もお鶴の覚悟に答えねばならない。

枯草を踏みしめながら、月明かりにほの白く浮かぶお鶴の背中を追いかけた。

と、

「てめえ、何しやがるんだ」

「うるせえ、そっちこそ」

背後で声がした。つい、振り返ると、酔っ払い同士の喧嘩である。こんなことに気を取られてしまった自分の迂闊さを悔い、さっと視線をお鶴に戻した。

その時、お鶴の前に男の影が立ち塞がった。

「きゃあ！」

絹を切り裂くようなお鶴の悲鳴が夜空に響くかと思いきや、折悪く発せられた犬の遠吠えと酔っ払いたちの喧嘩騒ぎによって、かき消されてしまった。

お鶴は男に怯えたように立ち尽くした。男はお鶴を捕まえようと手を伸ばす。上弦の月に照らされた男の顔はまさしく偽菊次郎、印象的だった右瞼の黒子も確かめることができた。

源之助は飛び出した。

最早、猶予も遠慮もいらない。敵が現れた以上、お鶴の身を守り、捕縛するだけだ。

松五郎、紋蔵、そして本物の菊次郎殺しもこいつの仕業に違いない。

「御用だ！」

源之助はあらん限りの声を偽菊次郎に浴びせた。偽菊次郎はお鶴の腕を取り、自分の胸に引き寄せる。

「観念せよ」

源之助は十手を掲げた。

「てめえ、嵌《は》めやがったな」

偽菊次郎はお鶴を抱き寄せ、匕首を首筋に当てた。お鶴の喉もこれまでの三人同様に切り裂かれてしまうのか。

源之助の胸に焦りが込み上げた。

偽菊次郎は匕首を振り上げた。

「とおりゃあ！」

裂ぱくの気合いと共に源之助は十手を投げた。十手は矢のように一直線に偽菊次郎めがけて飛んだ。が、源之助の願いも虚しく、闇に呑み込まれてしまった。だが幸いにも、偽菊次郎がひょいと身をかわした拍子にお鶴はその手を逃れた。

源之助はほっと安堵した。

それも束の間のことで、偽菊次郎はお鶴に追いすがるや髪の毛を摑んだ。お鶴は草むらに前のめりに転倒した。偽菊次郎がお鶴の背中に馬乗りになった。

「やめて！」

お鶴の絶叫が闇夜を震わす。

「やめろ！」

源之助も声を限りに叫んだ。だが、二人の願いなど聞く偽菊次郎ではない。お鶴の背中めがけて匕首を振り下ろした。

「ああっ」

源之助の口から絶望の悲鳴が漏れた時、奇跡が起きた。なんと、偽菊次郎は刃を止め、源之助に向き直ったのだ。

「旦那、お縄にしてくれ」

偽菊次郎は言った。

思いもよらない言葉である。この期《ご》に及んで、突如として改心したということか。戸惑いと疑念が渦巻く中、源之助は偽菊次郎に歩み寄ろうとした。ところが、またもや偽菊次郎は源之助を惑わす言葉を発した。

「こいつを、この女をお縄にしてくれ」

偽菊次郎は言った。

「何を申す。お縄になるのはおまえだ」

「おれだってお縄になる。でも、こいつもしっかりと捕縛してくれよ」

すると、お鶴が身をよじらせ抵抗した。

「じたばたするな」

偽菊次郎の怒声が響き渡る。それでも、お鶴は動きを止めることなくついには馬乗りとなっている偽菊次郎を跳ね除けた。

「野郎！」

偽菊次郎が匕首をお鶴に向けた。最早、一瞬の躊躇いも許されない。

それでも偽菊次郎の言葉が引っかかる。こいつをお縄にしてくれとはどういう意味だ。お鶴がなんの罪を犯したという。

偽菊次郎の匕首がお鶴を一突きにしようとしていた。源之助は脇差を投げた。今度は外れることはなかった。脇差の柄《つか》が偽菊次郎の顔面にぶち当たった。偽菊次郎が大きく仰《の》け反《ぞ》った。

次の瞬間、お鶴は偽菊次郎の匕首を奪った。

そして、

「往生しな、極楽、極楽」

そう鋭い声を浴びせると匕首で偽菊次郎の首を切り裂いた。鮮血が飛び散り、お鶴の顔を赤く染めた。偽菊次郎は声を上げることもできず草むらに倒れた。お鶴は肩で息をしている。

「お鶴……」

やっとのことでお鶴の名前を呼ばわる。

お鶴はすっくと立ち上がった。

血に染まったお鶴の顔は源之助の知る亭主思いのけなげな女房とはまるで別人、妖しくも氷のような冷酷さを発散していた。

「おまえ、一体何者だ」

「極楽の妙蓮の女房……。いや、女房を気取っている女でしょうかね」

声音も言葉遣いもこれまでとは一変した。声は太く、物言いははすっぱなものになっている。

「妙蓮の女房がどうして、松五郎の女房になったのだ」

「そりゃ、あの人の復讐ですよ。妙蓮をお上に売った男を許してなんかおけません」

「妙蓮の復讐のため金目的でなく、松五郎の女房になった。よっぽど、妙蓮に惚れていたんだな」

「惚れていました。いや、今でも惚れていますよ。この世で愛おしいのはあの人だけ……」

お鶴は遠くを見るような目をすると、おもむろに語りだした。

五

「あたしは、曲芸をしていました。五歳の時、銚子《ちょうし》で漁師をやってたおとっつあんが死んで、旅回りの曲芸一座に売られたんです」

お鶴は関八州を中心に活動をしていた曲芸一座で育ったという。様々な曲芸を仕込まれ、特に短刀使いの見事さは評判を取った。短刀をお手玉のように操り、離れた所から投げる技も狂いなく行う。その上、若い娘とあってはまさしく一座の花形だった。

「妙蓮との馴《な》れ初《そ》めはどのようなものだったのだ」

「あの人とは三年前、常陸《ひたち》の国、鹿島神宮の境内で出会いました」

お鶴のいた一座が鹿島神宮の境内に設けられた見世物小屋で興業を行った。そこにやって来たのが妙蓮と極楽一味である。妙蓮は錦の袈裟をまとい、身形《みなり》はまるで高僧だったという。

「あの人は毎日のように来てくれた。そのうち、一座を料理屋でもてなしてくれるようになったんだ。当たり前のように、あたしがあの人に酌をしたり、話し相手になったりした。すぐに深い仲になったさ。五歳でおとっつあんを亡くしたあたしには、あの人が父親のように思えた。あの人に抱かれると、とっても心が安らいだんだ。温かくって、頼もしくってね……」

間もなく、お鶴は妙蓮の手引きで一座を抜け出した。妙蓮について極楽一味に加わったという。

「この三年、本当に楽しかった」

お鶴は夢見るような目をした。

「松五郎の嫁になった経緯を聞かせてくれ」

源之助はなんとも複雑な思いに駆られながら尋ねた。

「きっかけは紋蔵さ。半年前、紋蔵は島から帰って来た。それを極楽一味が知って、あの人の耳に入れたんだ」

妙蓮は紋蔵と会った。極楽一味に加えようと思ったのだという。紋蔵は島暮らしが身に堪え悪事に手を染める気はしないと断った。その代わりと言って、

「五年前、あの人の賭場を奉行所にちくったのが菖蒲屋松五郎だと教えてくれたの

さ」

妙蓮は松五郎への復讐を誓った。ところが、このあたりから妙蓮への追及の手が厳しくなった。妙蓮は江戸を離れることになった。そこで、お鶴が松五郎の命と菖蒲屋の財産を奪うことを買って出た。

「松五郎に接近するため、芸者の真似事をし、女房になってからも甲斐甲斐しく尽くしてやったさ」

安心させたところで、松五郎を殺した。

菖蒲屋の財産も奪おうと思ったが、蔵には思いの外金《ほか》がなかった。

「紋蔵を殺したのは口封じか」

お鶴は小さく首を縦に振ると、

「ところが、肝心のあの人は箱根の関所で捕まってしまった。悔しいね」

と、唇を嚙んだ。

「偽菊次郎は何者だ。極楽一味の者か」

「仁吉《にきち》って男さ。あの人の手下。右腕って男なんだけど、あたしに色目を使ってきてさ。嫌らしい男なんだ。あの人が捕まったとわかると露骨にあたしに近づいてきた。お頭はもう駄目だ。おれの女になれってね。一方で、お頭が隠した財宝を横取りしようと思った。だから、極楽一味とは別にお頭の身柄をさらおうと思ったんだ」

「それで、伏見屋菊次郎に成りすまし、妙蓮の首に懸賞金をかけたなどと偽装したんだな」

「そういうこと。お上にそう信じさせようとしたんだ。それからね、伏見屋の娘、お清を手籠めにしようと言い出したのは仁吉さ。つくづく、性根の腐った男さ。あたしが言えた義理じゃないけどね」

「自分が囮になると申し出たのは、仁吉を捕縛させたかったのだな」

「そういうこと」

「仁吉が捕縛されれば、自分の素性も明らかとなるとは思わなかったのか」

「それは覚悟の上さ。あの人があの世へ行っちまったら、この世に未練なんてない。唯一、仁吉だけは許せなかった。仁吉がこの世でのうのうと暮らしていることだけが心残りだった。だから、この目で仁吉が捕えられるのを見たかったのさ」

　お鶴は言うと跪いた。両手を源之助に向かって差し出す。お縄にしてくれと言いたいのだろう。

　一方、源太郎は妙蓮と共に神田明神下までやって来た。

「どこだ」

源太郎の問いかけに、

「火除け地だ。元は伏見屋があった所だよ」

「おまえたちが押し入った伏見屋に財宝を隠しておるとはな」

源太郎は呟きながら妙蓮を火除け地へと引き立てて行った。


「神妙だな」

源之助はお鶴の前に立った。

「蔵間の旦那にはお世話になりました。欺いたことお詫びします」

お鶴はしおらしく頭を垂れる。

「欺かれたのは、八丁堀同心としてわたしの至らなさだ」

つくづく今回の一件は悔やまれる。極楽坊主の妙蓮に振り回され、算段狂いの連続だと思っていたが、混乱の原因はお鶴にあった。身近に接したお鶴に翻弄されていたのだ。

――かつての鬼同心とはよく言えたものだ――

今のおれには居眠り番がお似合いだと自虐的な笑みがこぼれた。

と、お鶴が立ち上がった。

こいつ、逃げるつもりか。最後の最後まで欺かれたかと歯ぎしりすると、背後から草むらを駆ける足音が近づいてくる。次いで、

「待て！」

という声もした。声の主は源太郎に違いない。

振り返ると縄を打たれながら走って来る異形《いぎょう》の男、それを追いかける源太郎の姿があった。

「おまいさん」

お鶴の万感迫る声が響き渡る。

——こいつが妙蓮か——

源之助が察した時にはお鶴は妙蓮を抱きしめていた。源太郎も追いつき源之助に気が付いた。お鶴が匕首で妙蓮の縄を切った。二人は堪らずといったように抱きしめ合った。

「来てくれると思ってたよ」

「牢屋敷でおめえの文を見て、おらあ、おめえに一目会うまでは死なねえと思ったんだ」

二人のやり取りから察しられるのは、お鶴が小伝馬町の牢屋敷に囚獄された妙蓮に差し入れをした。差し入れをする際、牢役人に金をつかませたのだろう。神田明神下の伏見屋の跡地で待つと文にしたためたようだ。

「若いの、お宝だ。お宝の場所に連れて来てやったぜ」

妙蓮はお鶴を抱擁しながら源太郎を見た。源太郎は口を半開きにしている。

「こいつがおれの宝なんだ。こいつがいりゃあ、欲しいものはねえ」

妙蓮はお鶴の顔を両手で包み込んだ。お鶴の瞳から大粒の涙が溢れた。

「おめえの手で、極楽、いや、地獄へ送ってくんな」

「おまいさん、あたしも一緒だよ。地獄の底までもね」

お鶴は言うや匕首を横に一閃させた。妙蓮の喉が切り裂かれ血飛沫《ちしぶき》が舞い上がる。

鮮血を浴びながらお鶴は匕首を自分の喉に突き立てた。

二人は折り重なるようにして草むらに倒れた。

「父上……」

源太郎は呆然と二人の亡骸を見下ろした。

寒月がお鶴と妙蓮を照らし続けた。梟《ふくろう》の鳴き声が源之助の耳に寒々と響き渡った。

年の瀬が迫った師走の二十日、源之助は組屋敷の縁側で善右衛門と日向ぼっこを楽しんでいる。

「人は見かけによらないと申しますが、あのお鶴さんが、妙蓮の女だったとは驚きました」

善右衛門は肩をそびやかした。

「まったくです。今回は、お鶴に振り回されました。わたしとしたことが、情けないといったらありません」

源之助はしみじみ言った。

結局、極楽坊主の妙蓮一味が奪い取った金や財宝は見つからず仕舞いである。妙蓮とお鶴は自害して果て、捕まった一味はみな打ち首に処せられた。

「悪党同士の絆は強かったということでしょうか」

善右衛門は妙蓮とお鶴の死について言っている。このところ、瓦版では二人の最期を連日書き立てていた。

「運命の赤い糸で結ばれているなどと申しますが、妙蓮とお鶴はそんな二人だったのかもしれません。男女の情愛というものは、悪とか善とかには関係ありませんからな。それだけに、始末が悪い。善か悪か、正しいか間違いかとは異なるもの。理屈ではありませんな。今更ながら、そのことを思い知らされました」

源之助は苦笑を漏らした。それから善右衛門に向き、

「善右衛門殿、後添《のちぞ》いをもらわれてはいかがですか」

善右衛門はぽかんとしてから激しく首を横に振り、

「とんでもない。倅も嫁をもらっていないのです。それに……。お笑いください。わたしは、未だ死んだ女房のことが忘れられないのです。今でもたまに夢に見るのですよ。未練たらしいですが」

「善右衛門殿は、亡くなられたご新造と赤い糸で結ばれていたということですか」

「さてそれは……」

善右衛門は顔を赤らめたものの、そうかもしれませんと目を伏せた。そこへ久恵が、

「いかがですか」

と、椀を持って来た。

「牡蠣《かき》飯ですか」

善右衛門の顔が綻んだ。牡蠣を飯が炊き上がる少し前に入れて蒸らし、すまし汁をかける。そこへ、大根おろしと柚子《ゆず》の千切りを乗せて食べる冬の名物だ。

湯気が立ち上り、柚子の黄色が目に鮮やかだ。

源之助と善右衛門はふうふう息を吹きかけながら箸を動かした。久恵がごゆっくりと歩き去ると善右衛門は箸を止め、

「蔵間さまには奥さまこそが赤い糸で結ばれた女性《にょしょう》なのでしょうな」

源之助はむせ込んだ。

「これは、余計なことを申しました」

善右衛門に背中をさすられながら、久恵を湯治に連れて行くことを思い出した。赤い糸で結ばれているかどうかはわからない。言えることとは、嫁いできて以来、久恵が自分に尽くしてくれていることだ。

――大事にしてやらねばな――

源之助は牡蠣飯をじっくりと味わった。胸の中にほのかな温もりが広がった。

時代小説

二見時代小説文庫

嵐《あらし》の予兆《よちょう》　居眠《いねむ》り同心《どうしん》　影御用《かげごよう》12

著者　早見《はやみ》　俊《しゅん》

発行所　株式会社　二見書房
東京都千代田区三崎町二－一八－一一
電話　〇三－三五一五－二三一一［営業］
〇三－三五一五－二三一三［編集］
振替　〇〇一七〇－四－二六三九

印刷　株式会社　堀内印刷所
製本　ナショナル製本協同組合

落丁・乱丁本はお取り替えいたします。
定価は、カバーに表示してあります。

ISBN978－4－576－13172－6
http://www.futami.co.jp/

居眠り同心 影御用 源之助人助け帖
早見俊［著］
凄腕の筆頭同心がひょんなことで閑職に……。暇で暇で死にそうな日々に、さる大名家の江戸留守居から極秘の影御用が舞い込んだ。新シリーズ第1弾！

朝顔の姫 居眠り同心 影御用2
早見俊［著］
元筆頭同心に御台所様御用人の旗本から息女美玖姫探索の依頼。時を同じくして八丁堀同心の不審死が告げられた。左遷された凄腕同心の意地と人情。第2弾！

与力の娘 居眠り同心 影御用3
早見俊［著］
吟味方与力の一人娘が役者絵から抜け出たような徒組頭次男坊に懸想した。与力の跡を継ぐ婿候補の身上を探れ！「居眠り番」蔵間源之助に極秘の影御用が…！

犬侍の嫁 居眠り同心 影御用4
早見俊［著］
弘前藩御馬廻り三百石まで出世した、かつての竜虎と謳われた剣友が妻を離縁して江戸へ出奔。同じ頃、弘前藩御納戸頭の斬殺体が江戸で発見された！

草笛が啼《な》く 居眠り同心 影御用5
早見俊［著］
両替商と老中の裏を探れ！北町奉行直々の密命に居眠り同心の目が覚めた！同じ頃、母を老中の側室にされた少年が江戸に出て…。大人気シリーズ第5弾

同心の妹 居眠り同心 影御用6
早見俊［著］
兄妹二人で生きてきた南町の若き豪腕同心が濡れ衣の罠に嵌まった。この身に代えても兄の無実を晴らしたい！血を吐くような娘の想いに居眠り番の血がたぎる！

殿さまの貌《かお》 居眠り同心 影御用7
早見俊［著］
逆袈裟魔《ぎゃくげさま》出没の江戸で八万五千石の大名が行方知れずとなった！元筆頭同心で今は居眠り番と揶揄される源之助のもとに、ふたつの奇妙な影御用が舞い込んだ！

信念の人 居眠り同心 影御用8
早見俊［著］
元筆頭同心の蔵間源之助に北町奉行と与力から別々に二股の影御用が舞い込んだ。老中も巻き込む阿片事件！同心の誇りを貫き通せるか。大人気シリーズ第8弾

惑《まど》いの剣 居眠り同心 影御用9
早見俊［著］
元筆頭同心で今は居眠り番、蔵間源之助と岡っ引京次が場末の酒場で助けた男は、大奥出入りの高名な絵師だった。これが事件の発端となり…。シリーズ第9弾

青嵐《せいらん》を斬る 居眠り同心 影御用10
早見俊［著］
暇をもてあます源之助が釣りをしていると、暴れ馬に乗った瀕死の武士が…。信濃木曽十万石の名門大名家に届けてほしいと書状を託された源之助は……。

風神狩り 居眠り同心 影御用11
早見俊［著］
源之助の一人息子で同心見習いの源太郎が夜鷹殺しの現場で捕縛された。濡れ衣だと言う源太郎。折しも街道筋を盗賊「風神の喜代四郎」一味が跋扈していた！

箱館奉行所始末 異人館の犯罪
森 真沙子［著］
元治元年（1864年）支倉幸四郎は箱館奉行所調役として五稜郭へ赴任した。異国情緒あふれる街は犯罪の巣でもあった！ 幕末秘史を駆使して描く新シリーズ

二見時代小説文庫

間借り隠居 八丁堀 裏十手1

牧 秀彦［著］

北町の虎と恐れられた同心が、還暦を機に十手を返上。その矢先に家督を譲った息子夫婦が夜逃げ。間借りしながら、老いても衰えぬ剣技と知恵で悪に挑む！

お助け人情剣 八丁堀 裏十手2

牧 秀彦［著］

元廻同心、嵐田左門と岡っ引きの鉄平、御様《ためし》御用山田家の夫婦剣客、算盤侍の同心・半井半平。五人の〝裏十手〟が結集して、法で裁けぬ悪を退治する！

剣客の情け 八丁堀 裏十手3

牧 秀彦［著］

嵐田左門、六十二歳。心形刀流、起倒流で、北町の虎の誇りを貫く。裏十手の報酬は左門の命代。一命を賭して戦うことで手に入る、誇りの代償。孫ほどの娘に惚れられ…

白頭《はくとう》の虎 八丁堀 裏十手4

牧 秀彦［著］

町奉行遠山景元の推挙で六十二歳にして現役に復帰した元廻方同心の嵐田左門。権威を笠に着る悪徳与力や仏と噂される豪商の悪行に鉄人流十手で立ち向かう！

哀しき刺客 八丁堀 裏十手5

牧 秀彦［著］

夜更けの大川端で見知りの若侍が、待ち伏せして襲いかかってきた武士たちを居合で一刀のもとに斬り伏せた現場を目撃した左門。柔和な若侍がなぜ襲われたのか……。

新たな仲間 八丁堀 裏十手6

牧 秀彦［著］

若き裏稼業人の素顔は心優しき手習い熟教師。その裏稼業人に、鳥居耀蔵が率いる南町奉行所の悪徳同心が罠をかけてきたのを知った左門と裏十手の仲間たちは…